KB089683

사금파리의 무덤

사람파리의 무덤

| 글 | 서기원 | 그림 | 이우범 | 펴낸이 | 이재은 | 펴낸곳 | 세상모든책
| 기획 · 편집 | 윤희선, 신은주, 한나래 | 디자인 | 이주영
| 마케팅 | 이주은, 양정길, 유정수, 김용우, 박다혜
| 주소 | 서울시 마포구 서교동 444-16호 영진 빌딩
| 전화 | 02-338-2444 | 팩스 | 02-338-0902
| E-mail | everybk@hanmail.net | Homepage | ieverybook.com
| 초판 1쇄 발행 | 2007년 1월 5일
| 출판등록 | 1997.11.18. 제10-1511호

ISBN 89-5560-181-6 03810

사금파리의 무덤

서기원 글 이우범 그림

서문 회상

《사금파리의 무덤》을 청소년들에게 읽힐 수 있도록 다시 펴내고 싶다는 출판사의 전화를 받고 작자인 아버지를 떠올린 것은 자연스러운 일이다. 돌아가신 아버지는 이 책이 나올 때쯤 "얼굴도 모르는 편집자지만, 이런 작품을 골라내다니 제법 안목이 있는 친구군!" 하며 흐뭇해할 것이 분명하다.

중편소설 《사금파리의 무덤》은 1971년 작이니 내 나이 열두 살 때 씌어진 것이다. 십대 중후반에 한 차례 읽은 기억은 나는데, 불효막심한 일이지만 도무지 내용이 가물가물했다. 30년 만에 다시 펴 든 이 소설에서 어린 시절의 기억을 떠올린 것은 '특수 관계에 있는 독자'의 어쩔 수 없는 한계라고 고백하지 않을 수 없다.

낚시가 취미였던 아버지는 저수지가 얼어붙는 겨울이면 우리 형제들을 데리고 경기도 광주 일대의 폐허가 된 가마를 찾곤 했다. 당시만 해도 가마터를 갈아엎은 밭두렁 사이에 사금파리가 적지 않게 남아 있었는데, 도마리의 청화백자나 우산리의 철화백자, 금사리의 순백자 조각을 주워들면 어린 마음에도 묘한 흥분 같은 것이 느껴지곤 했다. 가족이 모두 분청사기의 산지였던 계룡산에 간 적도 있었다. 가마터를 제대로 찾지 못해서인지 분청사기는 구경하지 못하고 돌아왔던 것 같다.

우리 형제들에게는 그저 소박한 유적 탐방에 불과했던 가마 순례가 아버지에게는 대단히 중요한 취재 여행이었다는 사실을 깨달은 것은 시간이 한참 지난 뒤의 일이다. 《사금파리의 무덤》과 장편 《조선백자 마리아상》은 이렇듯 수년 동안에 걸쳐 현장에서 이루어진 '과거와의 대화'의 결과이다.

《사금파리의 무덤》을 다시 읽으며 걱정도 없지 않았다. 흑백이 너무도 뚜렷이 갈리는 시대에 흑색과 백색 사이에도 다양한 농담(濃淡)이 존재한다는 이 소설의 행간이 요즘 청소년들에게 제대로 읽혀질 수 있을까, 또 읽혀진다 하더라도 공감될 수 있을까, 하는 것이었다. 하지만 어느 글엔가 "모든 작품은 독자의 눈을 넘지 못하는 제약을 갖고 있다"고 썼던 작가이다. 그저 요즘 청소년들이 당신의 작품을 읽고 있다는 사실만으로도 반갑지 않겠는가.

2006년 겨울

서울신문 문화전문기자 서동철

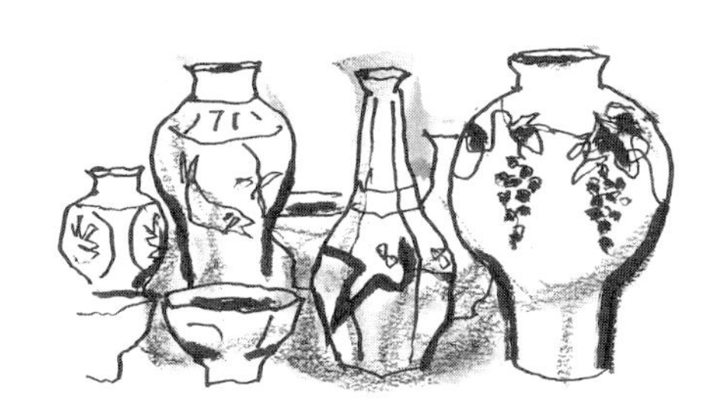

광주 분원이 폐지된 것은 1883년의 일이다.

궁중에서 쓰이는 사기그릇을 관장하는 관청을 '사옹원'이라고 한다. 분원이란 이 사옹원 출장소의 뜻이지만, 요샛말로는 정부 직영인 도자기 공장이다.

분원리를 찾자면 육로와 배편이 있다. 천호동을 지나서 남한산성으로 향하는 길은 조선시대의 국도였다. 이 길을 경안 못 미쳐 상번천리에서 왼쪽으로 꺾어들어 도마리 고개를 넘으면 펑퍼짐한 들녘이 벌어지고, 맞은편 멀리 팔당 근처의 산봉우리가 푸른 빛의 농도를 달리하여 겹쳐 있다.

강바람은 느낄 수 있어도, 한강 물은 미처 보이지 않는다. 나루터까지 5리는 넉넉히 되기 때문이다. 한강으로 흘러들어가는 경안천은 수량이 꽤 풍부하다. 냇물을 건너면 오른편 나지막한 야산 골짜기에 길쭉하게 비탈진 동리가 나온다. 그 밖엔 아마 팔당이나 양수리에서 나룻배를 타야 할 것이다.

마을 뒤 *안산처럼 자리한 언덕 위가 분원의 벼슬아치인 사기봉사의 터전이었다. 지금은 초등학교가 들어서 있지만, 교정 가장자리가 두루 가마자리인 것이다. 근래 운동장 확장 공사 때문에 가마터는 매몰되고, 언덕배기에 노출됐던 사금파리의 고대한 퇴적도 반쯤 진흙으로 덮여 버렸다.

동리 주막에서 양은대접으로 막걸리를 들이켠다. 땀을 들이려고 우물가로 다가서자 아낙네는 플라스틱 바가지를 건네준다.

1883년이라면 임오군란의 다음 해요, 갑신정변의 전 해이다. 오백 년 왕조가 기름이 진한 등잔불처럼 하늘거리던 무렵이다.

일인들은 분원을 폐지한 이유를 오직 나라의 재정형편 탓이라고 말했다. 이건 거짓말이다. 분원 유지경비가 상당한 부담이었던 것은 사실이고 또 사기그릇 굽는 일에까지 손이 돌아가기엔 원체 경황이 없는 국사이기도 했지만, 진짜 원흉은 일본 상품이었다. 근대식 공장에서 대량생산한 사기그릇·유리그릇, 그리고 성냥·석유·옥양목 등이 홍수처럼 이 땅에 밀려들기 시작했기 때문이다.

고종은 일제 *세토모노 찻잔으로 커피를 즐겨 마셨고, 대신들 연회에선 유리컵에 포도주를 따랐다. 그편이 투박하고 형용이 일정치 않은 재래종보다 한결 깨끗하고 진귀해 보였던 것이다.

분원은 폐지됐으나 가마는 민간에 팔렸다. 종로의 어느 부자가 민 씨네를 끼고 헐값에 인수해서 계속 공장을 돌린 것이다.

한일합방 전후해서는 일본의 도공들을 데려다가 석고로 본을 따서 찍어 내는 새 방법을 썼지만, 일인들이 원하는 조선기도 못 되고 '세토모노'와도 거리가 먼 어중간한 물건밖엔 나오지 못했다. 그들은 잔뜩 미련을 품은 채 보따리를 싸고 일단 돌아갔다.

그 후 십여 년, 조선기에 환장한 일인 둘이 분원을 찾아드는 데서부터 이 이야기는 시작된다.

1920년 10월.

고옥의 낮은 처마가 즐비하게 늘어선 구리개(현재 을지로), 어느 고물전 앞에서 일본 사람 둘이 걸음을 멈추었다. 둘이 모두 사십 안팎으로, 하나는 요새 유행인 *맥고모자에 지팡이, 뚱뚱한 편은 조끼 호주머니 밖에 매달린 금시곗줄이 유난스럽게 번쩍였다.

바깥 햇살이 너무 밝은 탓인지 한동안 점포 안이 잘 보이지 않는 모양이다.

"뭘 찾으시는뎁쇼?"

영감이 돋보기를 내려놓고 손님의 행색을 살폈다.

"저 물건 좀 보여 주게."

지팡이로 가리킨 것은 수박통만 한 백항아리였다. 영감이 마른 걸레로 대강 먼지를 훔쳐서 내놓자 "음-." 맥고모자의 눈빛이 달라졌으나, 이내 점방에 들어섰을 때의 표정으로 돌아가며

이번엔 조선말로 물었다.

"얼마요?"

주인은 다섯 손가락을 펴 보였다.

"오 원? 비싸."

"그러시면 사 원 오십 전."

"사 원 낼 테니까 팔라면 팔고……."

이건 일본말이지만 손짓으로 의미는 통한다.

"에라, 모르겠다. 가져가시오."

쓴 입맛을 다신 영감도 내심 그다지 해롭지 않은 얼굴이다. 항아리를 헌 신문지에 싸서 노끈으로 얽어맸다.

점방을 나서자 맥고모자는 애써 참고 있던 희색을 환하게 드러냈다.

"호리다시모노(희한스런 횡재물)야. 나카노 군, 자네 경성 방문 기념으로 선물하겠네."

"고맙네. 연대도 꽤 들어 보이던데?"

"삼백 년은 단단해. 조선인 상점에서 흥정하는 데는 시간을 끌지 말아야 하네. 자네 봤겠지. 호흡이 제일이야. 하긴, 요즘은 불경기라 이런 걸 찾는 사람도 없지만."

"한두 군데 더 들러 볼까?"

"성미도 급하군. 오늘은 이 정도로 하고 돌아가세."

인력거를 한 대씩 잡아타고 도착한 곳은 팔판동에서 남산 쪽으로 들어간 일인 주택가, '타케야마(竹山)' 란 문패가 달린 이층집이었다.

목욕을 한탕 하고 이층방으로 올라와서 타케야마 *비장의 물건들을 감상했다. 이럴 때 무척 까다롭게 구는 것이 일인들이어서, 주인이 *토코노마를 등지고 좌정하면 객은 알맞은 간격을 두고 마주 꿇어앉는다.

타케야마는 오동나무 상자를 열고 차완(茶碗)부터 선을 보였다. 상자 하나에 한 가지씩, 하나가 끝나면 일단 상자에 넣고 다음 차례로 넘어갔다. 차완이란 일인들이 차를 마시는 찻잔이지만, 대개 좀 작고 얄팍한 사발이나 대접 모양을 하고 있다. 모양뿐만 아니고, 사실 아무렇게나 사용하던 막그릇이었다.

"음, 오늘은 그만 보겠어. 무서워지네 그려."

여남은 가지를 감상하고 난 나카노는 짧은 신음 소리를 토했다. 농담이 아니었다. 사기그릇을 구경하다가 무서워진다는 것은 대체 무슨 영문인가.

"자네 기분 알겠네."

타케야마는 *유카타의 앞가슴을 헤벌리며 소리내어 웃었다. 아름다움의 깊이는 그걸 알아주는 사람에게 충격을 주는 법이다. 그러나 나카노처럼 산전수전 겪을 대로 겪은 골동상인에겐 그 충격의 의미가 결코 단순치는 못할 것이다.

"키자에몽에 비해서 손색이 없는 물건인걸."

"정말 그렇게 봐주나?"

"부족한 건 내력뿐일세."

'키자에몽' 이란 사람의 이름이자, 지금은 일본의 국보로 되어 있는 찻그릇의 고유명사이다. 임진란 때 일본의 무장들은 다투어 우리나라의 찻그릇을 구해서 본국으로 가져갔다. 그중 일품은 벼 오십만 섬에 팔리기도 했다.

문제의 찻그릇은 오오사카의 부상 키자에몽이 입수하여 비장하고 있었다. 사업에 실패하여 거덜이 난 그는 유곽의 심부름꾼으로 몰락했다. 악성 종기 때문에 그 짓마저 못 하게 되어 비렁뱅이 신세가 되었지만, 비단으로 감싼 그 찻그릇만은 길바닥에서 굶어 죽을 때까지 놓지 않았다. 그 뒤 이 물건을 수장하게 된 사람마다 종기로 고통을 당했고, 결국 불가에 기증되어 지금은 어느 절간의 소유가 되어 있다.

이건 기물에 귀신이 붙은 괴담이고 기물에 신들린 사람의 전설이다. 그리고 전설의 밑바닥엔 엄청난 부피의 황금이 깔려 있는 것이다. 그 황금의 부피가 나카노의 숨을 막히게 하고 현기증마저 일으키게 했던 것이리라.

한 나라의 국보인 만큼 값을 헤아릴 도리는 없다. 키자에몽은 이름 없는 우리나라의 도공이 아무렇게나 빚어 낸, 그리고 시골 주막 같은 데서 쓰이던 막걸리잔에 지나지 않는다.

나카노는 슬그머니 침을 삼키고 나서 물었다.

"혹시 이런 정도의 물건이 남아 있을까?"

"어려울걸. 허지만 쓸 만한 것을 찾아 내서 관록을 붙이면 되는 것 아닌가? 허기야 어디 차완뿐이겠나."

타케야마는 히죽히죽 웃었다.

"횡재수를 바라보자는 얘기는 아닐세."

"조건이 한 가지 있어."

이 대목이 본론인 모양이었다.

"돈 얘기라면 얼마든지 응하지."

"조선그릇을 재현시켜 보는 게 내 원이야. 밑천 좀 대 주겠나?"

"장삿속인가?"

"장사는 안 돼. 버리는 셈치고 우선 돈 만 원 내놓게……. 조선의 도공은 아직도 솜씨가 남아 있어. 자네에겐 대신 그만한 보답을 하겠네."

장사는 안 되지만 *전주한테 그만한 보답을 할 수 있다니, 수수께끼 같은 얘기였다. 나카노의 눈엔 상대방의 뱃속이 훤히 들여다보이는지 연방 고개를 끄덕거렸다. 말없는 약속이라고 해야 할까. 아무튼 상담치고는 *요령부득인 약정이었다.

타케야마와 나카노는 조선자기의 전통이 살아 있다는 분원 가마를 함께 답사하기로 했다. 경춘선을 타고 덕소역에서 내려, 배를 타고 분원 나루터에 닿았다. 여기까지만 해서 반나절은 실히 걸렸다.

마을로 향하는 한길가에 사기조각이 무수히 널려 있다. 농군들이 일손을 멈추고 두 일인을 구경했다. 적의와 호기심이 엇갈린 시선들이었다.

"만세사건 땐 대단했었지."

타케야마가 말했다. 마을 어귀 주막에 들어서자 늙수그레한 주모가 반색을 하며 맞았다. 한두 번 드나든 품이 아니었다.

"역시 이름난 분원이로군."

나카노가 설거지통 속에 엎어 놓은 막걸리 잔을 턱으로 가리킨다.

"근방 가마터에서 주워 온 것들이야."

"재미있군."

"이곳 가마는 벌써 반 년째 쉬고 있다네. 도공들 생활이 말이 아니지."

타케야마는 한 잔 단숨에 들이켜고 나서 주모에게 심부름을 시켰다. 잠시 후, 스물 안쪽으로 뵈는 청년이 주섬주섬 고개를 디밀었다.

"타케야마 선생."

서툰 일본말이었다. 큰절을 하다시피 허리를 꺾었다.

"이 총각, 잘 있었나? 귀한 손님을 모시고 왔네. 인사드리고 거기 앉아."

촌사람치고는 낯빛이 허여멀쑥하고 영악한 눈매였다.

"일본말은 학교에서 배웠나?"

나카노의 질문에,

"이 근처엔 보통학교도 없습니다."

"이 총각은 혼자서 습득한 거야."

타케야마의 거들어 주는 말이었다.

"혼자?"

"여기서 일본 도공들하고 함께 일을 했거든."

"호오."

나카노는 새삼 이 총각의 아래위를 훑어보았다.

"이 총각, 중요한 얘기니까 잘 들어야 돼."

문밖에서 기웃거리던 애들을 주모가 닭 쫓듯이 내몰았다. 딴 손님은 없고 주모는 일본말도 못 알아들으니, 굳이 안으로 들어가서 이야기할 필요도 없는 모양이다.

"우아랫마을 합쳐서 도공이 얼마나 살고 있지?"

"글쎄요. 잘은 몰라도 백 호쯤 될 겁니다만……."

"쓸 만한 사람 말이야."

"제가 알 수 있겠습니까."

이 총각은 묻는 말에 얼른 대꾸를 안 했다. 말이 서툰 탓이라기보다 언제나 궁리해서 대답하는 그런 성미인 듯싶었다.

"이 총각이 모르면 누가 아나, 이 사람아. 하여간 해롭지 않은 일이야. 품삯일랑 염려 말고."

하며 타케야마는 말을 이었다. 당장 *고패수 열 명과 잡역부 이십 명 가량을 확보해야 되겠는데, 감독 격으로 이 총각의 아버지 이 노인을 쓰겠다는 것이었다.

타케야마는 일인치고는 덜 좀스럽고 무엇보다 교만하게 굴지 않아 동리 노인들로부터 별물이란 소리를 들었다. 네댓 차례 마을을 다녀가는 동안, 타케야마란 위인이 합방 때 공을 세운 떠돌이이며 지금도 총독부 고관들과 잘 통한다는 소문이 나돌기도 했다. 하지만 원체 그들 생활과는 인연이 먼 얘깃거리여서, 그저 서울서도 행세하는 일인 한량 정도로 여기고 있다.

언제부턴가 이 총각은 자기에게 어떤 호의를 품고 있는 타케야마의 시선을 눈치채고 있었다. 그에게 잘만 보이면 혹시 도공 신세를 면할 수 있게 될지도 모른다는 어렴풋한 예감이 들기도 했다.

그런 타케야마가 가마를 세내어 일을 시작하겠다는 것이다.

이젠 사기장이들의 생업도 반쯤은 농군이 되어 버린 셈이지만, 가마에서 연기가 오르게 되는 날엔 논밭 일은 아예 아낙네들 차지가 될 것이다. 이 총각은 반가운 소식을 맨 먼저 전하는 기쁨에 조금 들떠 있었다. 집으로 달려오자마자 낮잠을 자고 있는 아버지를 깨우고 타케야마의 말을 차분히 옮겼다.

"창길아, 동리를 위해선 해롭지 않다만 왜놈들 앞잡이 노릇은 하기 싫다."

전혀 뜻밖의 말이라곤 할 수 없었다. 이 노인의 가슴속엔 틀림없이 지난 기미년의 울분이 삭지 않고 있는 것이다. 하지만 여태껏 여러 차례 일인들한테서 품삯을 받아 본 아버지가 아니었던가.

"아버지께서도 아시다시피 그나마 분원 사기장이를 알아주는 건 일본 사람들밖에 더 있습니까?"

"네 말이 옳다. 옳다만 우리 분원 사기장이는 망했어. 망해도 더럽게 망했다. 모두가 왜놈들 탓이다."

이 노인의 넋두리 속엔 두 가지의 의미가 있었다. 당초 분원 가마가 폐지된 원인이 싸구려 일본제 사기그릇 때문이란 한탄이었고, 실상 그보다 더 분한 것은 일본 도공들이 석고로 만든 틀을 들여다가 다시 박아 내듯 마구 찍어 내는 통에 전래(傳來)의 기술을 망쳐 버린 일이었다.

"타케야마란 분은 그런 가짜 물건을 만들려고 하지는 않아요."

"그럼?"

"그러니까 일등 고패수를 찾고 있지 않습니까?"

한순간 이 노인의 표정이 변했다.

"그래서 어쩌자는 게야?"

"본원 *갑번 상품을 구워 보자는 겁니다."

갑번처럼 희다는 속담도 옛얘기가 됐지만, 그중에서도 상품은 임금님에게 바쳤다.

"모를 일이다."

창길이도 타케야마의 저의를 잘은 모른다. 일본서 조선그릇의 인기가 차츰 높아가고, 고려자기와는 견줄 수 없지만 꽤 비싸게 팔린다는 것이니까, 시쳇물건이라도 엇비슷한 것을 만들어서 한몫 보려는 속셈이 아닌가 짐작하고 있을 뿐이다.

"금사리 같은 걸 구워 달라는 거예요, 아버지."

"금사리라니?"

이 노인은 공허하게 웃었다. 금사리란 분원 전의 *관요 이름이다. 일인 중에도 금사리의 환상을 좇고 있는 작자가 있다니…….

이 노인집 광에는 금사리에서 주워 온 사금파리가 큼직한 궤짝으로 여남은 개나 쌓여 있었다. 분원 말기의 사금파리와 비교하면 바탕흙의 질부터 판이하다. *유약도 비 갠 뒤 가을 하늘을 비추는 샘물 속처럼 투명하다. 살갗의 촉감도 미끄러우면서 차지가 않다. 바탕흙과 유약을 마음대로 쓸 수 있게 해 준다면……. 허망한 공상 속에 젖은 때가 한두 번이 아니었다.

"창길아, 빵빵이를 내려라."

이 노인은 눈으로 다락을 가리켰다. 다락문을 열자 마른 진흙 냄새가 확 풍겼다. 창길이는 먼지투성이의 고패를 정성들여 닦았다. 아버지의 무서운 집념이 젊은 가슴을 뭉클하게 죄었다. 한동안 묵묵히 고패를 안고 있던 이 노인은,

"그 일본 사람과 만나야겠다."

하며 벌떡 일어나 앞장을 섰다. 마침 두 사람은 주막에 없었다.

"구경할 만한 데래야 뻔하지 않느냐."

이 노인은 주막에 앉아 기다리기에 조바심이 나는 기색이었다.

타케야마와 나카노는 *도제조 *선정비의 비문을 살피고 있었다. 비석은 모두 십오 *기, 반 가량은 비스듬히 앞뒤로 기울어 있다.

"타케야마 선생, 일등 고패수 열 명은 어렵다는 아버지 말씀입니다."

아버지를 대신해서 창길이가 말했다.

"이 고장에선 네 명밖에 쓸 만한 일꾼이 없고, 굳이 두어 사람 더 구하자면 여주 땅에서 불러 와야 한답니다."

"이 총각, 모든 걸 마음에 차도록 하시라고 그래."

"그리고 또 있습니다. 강원도 백토를 꼭 써야 한답니다."

"알았네."

타케야마는 고개를 크게 끄덕였다. 일인과 아들이 말을 주고받는 동안, 들판 너머 한강 쪽에 먼 눈길을 보내고 있던 이 노인은 비로소 타케야마가 건네 주는 담배 한 개비를 받으며 싱긋이 웃었다.

이 노인이 현장 감독으로 임명되었다는 소식이 퍼지자 마을 사내들이 줄지어 찾아왔다. 계란 꾸러미를 들고 오는 사람도 있었다.

자기 솜씨가 남보다 못하다고 생각하는 사기장이란 하나도 없다. 위아랫동네 합쳐서 이 노인의 눈에 든 고패수는 넷뿐이었다. 그중 한 사람을 급히 여주로 심부름 보냈다. 뽑히지 못한 축들은 이 노인이 아들 덕에 호강을 하게 됐다고 빈정거렸다. 그래, 분원 백여 호 가운데 손이 모자라서 타향 사람까지 불러들이느냐고, 이 노인집에 들이닥쳐 주정을 부리기도 했다.

"네깟 놈 백 명 있어 봐야 *오지그릇하나 변변히 만들겠느냐! 썩 물러가거라, 이놈아."

이 노인의 신명을 돋운 것은 두둑한 품삯도, 현장 감독이란 감투도 아니었다. 육십 평생 사기장이로서의 보람을 처음으로 느낄 수 있었기 때문이다.

일이 시작되자 타케야마는 *숫제 마을에 방을 하나 얻었다.

금사리 근처에서 나는 수토(水土)를 실어나른다. 장작을 산더미처럼 쌓아올린다. 그리고 강원도 양구에 주문했던 백토가 선편으로 도착한다. 자연히 타케야마의 심부름꾼이 된 창길이는 이런 일 저런 일 잡무를 도맡게 되어 눈코 뜰 새 없이 분주했다. 분원 당시 같으면 서기에 해당하는 *원역과 *사령을 겸한 직책인 셈이었다.

일꾼들도 세밀하게 분업화되어 있었다. 그릇의 형태를 빚는 고패수, 그걸 건조시키는 건화장(乾火匠), 흙을 빻아 물에 거르는 수비(水飛), 가마에 불을 때는 화장, 불을 살피는 남화장(覽火匠), 유약을 조합하는 연정(鍊正), 그리고 잡역 등등.

그러나 오랜 경험을 가진 사기장이라면 이 과정을 하나하나 겪고 고패수가 된 사람들이다. 구태여 옛날 격식대로 필요 밖의 일손을 쓸 까닭은 없었다. 이 노인의 욕심도 손발이 맞는 일꾼을 단출하게 거느리는 편이 한결 수월하다는 것이어서, 가마장이와 잡부 십여 명 이외에는 더 보태지를 않았다.

가마를 신설해서 불을 지피는 것은 아니니까 *개요식(開窯式, 窯는 가마를 뜻함) 따위를 지낼 필요는 없지만, 모처럼의 집들이한 셈치고 고사쯤은 빠뜨릴 리가 없다. 돼지 두 마리를 잡고 술을 빚었다. 가마 아궁이 앞에 제단을 꾸미고 음식을 푸짐하게 차렸다.

어른 애들 할 것 없이 온 동네가 모여들었다. *제주는 물론 타케야마였다. 창길이를 앞세우고 나타난 타케야마는 난데없이 조선 바지저고리에 두루마기 차림이었다. 아낙네들이 킬킬거렸다. 저도 좀 쑥스러운지 애매한 웃음을 띠며 제단 앞으로 나가 술잔을 올렸다.

이 노인은 한 번 술잔을 올리고 나서 다시 채우더니 가마 아궁이를 향해 휘이휘이 술을 뿌렸다. 그러고는 잔치가 벌어졌다. 송림 사이에 친 차양 밑으론 타케야마를 중심으로 해서 고패수와 동네 노인들이 자리를 차지했다. 타케야마는 노인들한테 일일이 두 손으로 잔을 돌리며 능청을 떨었다.

잔치가 파한 저녁 무렵, 이 노인은 고패수 여섯을 자기 집으로 데려가서 다시 한 상 차려 오게 했다.

"바삐 서두를 것은 없고 우선 한 사람 앞에 중간치로 세 죽씩만 빚으면 불을 때 보도록 하세."

한 죽이란 그릇 열 개를 묶어서 하는 말이다. 그러고는 비척비척 자리를 빠져 나가더니 사금파리를 두어 줌 작은 밥상에다 받쳐서 들여왔다.

"임자들 잘 보아 두어."

"그건 금사리 아닌가?"

강원도에서 온 늙은이가 말했다.

"이건 우리 조상들의 솜씨야. 우리도 못 만들 이치가 없어. 이백 년이 지나도 금방 가마에서 나온 빛깔이 아닌가?"

이 노인의 타는 눈은 술기운 탓만이 아니었다.

백토를 빻아서 가루를 만들고 물에 걸러 반죽이 되기까지 나흘이 걸렸다. 백토와 수토의 배분이 중요한 일이다. 값진 백토만 사용한다고 좋은 것은 아니다. 바탕흙이 희고 고와야 유백이나 설백의 깊이가 은은해질 수 있는 것이지만, 수토가 알맞게 배합되지 않으면 그릇을 얇게 빚기가 어려울 뿐 아니라 가마구이할 때 깨진 그릇이 많이 나오기 마련이다. 수토란 광주고을 일대에서 쉽게 구할 수 있는 차지고 질긴 진흙의 일종이다.

반죽이 끝나면 고패수의 차례가 된다. 녹로를 끼고 앉아, 그 위에 흙덩이를 얹어 놓고 발로 차서 돌리기 시작한다. 늙은이로서는 힘든 노동이지만, 녹로를 돌리는 속도와 소용돌이처럼 안으로 패기 시작한 흙덩어리를 길들이는 솜씨가 생명이다.

그릇은 그것이 아무리 헤프게 쓰일 하품(下品)일지라도 먼저 고패수의 상상 속에서 태어난다. 녹로의 *심봉이 뜨거워지고 한 덩이의 흙이 형태를 갖추어 가는 동안, 상상 속의 그릇은 차츰 실체를 얻게 된다. 그 실체가 상상과 동떨어졌을 때엔 흙을 다시 뭉쳐서 처음부터 시작해야 한다.

그러나 옛날 조선의 도공들은 힘에 겨운 죽 수를 채우기 위해 상상 속의 그릇과 실체가 딴판인 경우에도 좀처럼 녹로를 고쳐 돌리지 않았다. 그릇에 제 이름이 들어가는 것도, 보수가 나아지는 것도 아니기 때문이다. 그보다도 천생 팔자소관이 종이나 다름없는 숙명이었다. 그들의 한과 체념이 고패를 돌렸던 것이다.

환상의 그릇이 따로 있는 것이 아니고, 지금 눈앞에 이루어져

가는 모양이 곧 몇백 년 내려온 그들 삶의 원형이다. 말하자면 그처럼 무의식의 작업이었다. 그러나 이제 이 노인 생각은 젊었을 때 사기장이의 그것일 수는 없었다.

금사리 물건의 당당한 형용과 은은한 광채가 누구나 한 사람쯤 기억 속에서 씻을 수 없는 여인의 모습처럼 새롭고 분명했다. 이번 타케야마의 주문은 백항아리를 중심으로 병과 사발 등이었다.

분원 그릇의 특색은 실상 발색이 좋은 청화(靑華)에 있는 것이지만, 합방 전후해서 일본서 들어온 화학 염료 때문에 중국에서 구해다 쓰던 *회청은 버림을 당한 지 오래였다.

창길이의 눈엔 아버지의 정성이 좀 과할 정도로 비쳤다. 중항아리 한 가지에 대여섯 번은 반복했다. 한 번 돌리기에도 진이 빠져 숨이 턱에 닿는 아버지였다.

"그만 쉬시고 감독 일이나 보세요."

"항아리만은 내가 맡아야지, 누가 한단 말이냐. 제기럴! 또 틀렸다, 틀렸어. 괜시리 훼방놓지 말고 네 일이나 봐라."

이 노인은 달처럼 피어오른 형체를 냅다 주먹으로 뭉개었다. 타케야마에겐 그런 광경이 몹시 흐뭇한 모양이었다.

그릇의 모양이 이루어지면 그늘에서 수분을 말끔히 말려야 한다. 뙤약볕에 쬐는 날엔, 제아무리 고운 흙으로 두껍게 빚은 것일지라도 균열이 가고 형태가 일그러질 수밖에 없다.

날씨가 습하거나 비 올 때를 대비해서 대개 통풍이 잘 되는 널찍한 토방을 건조실로 사용한다. 건조가 잘 안 된 채로 가마에 집어 넣으면 기포가 생겨 울퉁불퉁 얽은 살갗이 된다. 하긴 천연스럽게 얽은 살갗이 때에 따라서는 기막힌 멋을 지니기도 하는 것이지만, 그렇다고 일부러 수분을 남겨 둔 채 구워서 멋을 부리려고 한들 천생 때묻은 물건밖엔 나오지 않으니, 묘한 조화가 아닐 수 없다.

고패질이 끝난 뒤에도 이 노인의 정성은 여전했다.

모처럼 일꾼을 불러 점심때부터 *술추렴을 벌이고 있는데 소나기가 쏟아졌다. 비구름이 걷히자 바람 한 점 없이, 햇살이 한여름 못지않았다.

"임자들은 상관 말고 술이나 더 하게."

"자꾸만 들여다본다고 쉬이 마르겠나?"

여주 노인이 혀를 차며 말렸다.

"모르는 소리. 그놈들은 영물이야. 더군다나 여간 심술이 아니거든."

이 노인은 은밀한 재미를 혼자 맛보듯이 나직이 웃으며 일어섰다.

"술병은 뭣 하러 차고 가나?"

"그놈들하고 수작을 좀 해야지."

토방에서 뒹굴고 있는 토기란 태아나 다름없는 것이라 여기고 있는 이 노인이었다. 그놈들은 곤하게 잠들고 있었다. 이 노인이 헛기침을 내며 들어서니까 일제히 숨소리를 내기 시작했다. 물씬한 입김이 진흙 냄새를 풍겼다.

"오냐, 오냐. 나 술 한잔 먹었다."

이 노인은 엉덩이를 떨구고 흙벽에 기대었다. 그러고는 병째 두어 모금 들이켰다.

변덕스러운 날씨는 그놈들에게 해롭다. 그게 염려가 되어 살피러 온 것이지만, 이만하면 별탈은 없을 것 같다. 온몸이 나른해진 이 노인은 그 자리에서 쓰러졌다.

잠결에 멀리서 *인경이 우는 소리 같은 것을 들었다. 어쩌면 여러 개의 방울이 한데 바람에 부딪는 음향 같기도 했다.

"아!"

꿈속이 아니었다. 이제야 그놈들이 갓난애처럼 칭얼대기 시작한 것이다. 수분이 알맞게 가실 즈음 항아리와 병은 한의 악기로 변신한다. *공동에 부풀었던 공기가 밖으로 새면서 신묘한 음률을 탄다.

"아버지, 저녁진지가 다 됐어요."

이 노인은 아들이 찾아온 것도 모르고 있었다.

"가만! 저 소리 들리느냐?"

"항아리 우는 소리 아닙니까?"

"여느 때완 좀 다르지 않아?"

"글쎄요."

"이번처럼 맑은 가락은 처음이다."

"어서 내려가시지요."

아들은 시무룩해서 말했다. 오늘따라 아버지가 유난히 궁상스럽게 비쳤다. 삼대를 내려오는 빵빵이 집안이라니……. 나만은 기어이 면해야겠다고 다져 두는 창길이었다.

토기의 물기가 완전히 마르면 다음은 화장토(化粧土)를 바르고 그 위에 유약을 먹인다. 화장토는 백토를 정선해서 사용한다. 말하자면 바탕흙 위에 분칠을 하는 것이다. 유약의 재료는 일정치 않지만 대개 잿물을 위주로 한다. 때로는 *운모(雲母)가 섞인 고운 모래를 갈아서 보태기도 한다. 금사리 같은 유하고 맑은 빛을 내려면 유약부터 투명해야 하기 때문에 그 조합에 공을 들이지 않을 수가 없다.

유약을 바르는 날이 되자 구경꾼이 꽤 모여들었다. 이 동네에선 구경거리가 될 만한 풍경이 못 될 텐데, 아마 이 노인의 극성이 소문난 탓인 모양이었다.

옛날 임금께 바치는 어기라 할지라도 그토록 지성을 들일 수야 있겠느냐, 혹은 일본 사람 돈에 팔려 늙은이의 채신이 말이 아니라는 둥 흉깨나 잡히고 있는 요즘이기도 했다.

"별걸 다 참견하네. 무슨 구경판 났다고 이 야단들인가!"

이 노인은 담벼락을 싸다시피 한 동네 사람들에게 고함을 내

질렀다.

"노인장 솜씨 좀 배우려고 왔는데, 무얼 그러십니까."

되바라진 대꾸가 나오고 까르르 웃어 댔다. 핀잔을 주고 싶어도 할 말이 없었다. 잔뜩 비위가 상한 이 노인은,

"그래? 똑똑히 봐 두어."

대접 하나를 손바닥 위에 올려놓더니 공중에 띄우듯 가볍게 뒤집어 다리를 쥐었다. 그러고는 숨을 가다듬고 유약이 넘실거리는 못 속에 한순간 담갔다가 건져 냈다.

덩치가 큰 그릇은 솔로 칠하기도 하지만 자자부레한 것은 몸뚱이째 유약 속에 넣어서 먹인다. 때문에 그릇의 다리나 아랫도리에 유약이 묻지 않은 손가락 자국이 찍힌다. 그 손가락 자국이야말로 도공의 서명에 해당하는 지장 같은 것인지도 모를 일이다.

무슨 궁리가 났는지, 이 노인은 크기와 모양이 엇비슷한 사발 세 개를 골라잡더니 유약을 바르기 전에 일단 엎어 놓고 밑바닥을 못으로 긁었다. 그건 하늘 천(天) 자였다. 이 노인이 알아볼 수 있고 또 흉내낼 수 있는 단 하나의 글자인 것이다. 애들의 낙서처럼 치졸했다.

"아버지, 뭘 하시는 겁니까?"

창길이는 그릇 바닥에 그런 장난을 하는 아버지를 처음 봤다.

"이 애비가 이름 석 자를 쓸 줄 모르니……."

이 노인은 아까와는 생판 멀쩡한 낯으로 누런 잇몸을 드러내 보였다. 창길이도 함께 웃었다.

해질 무렵까지 유약을 말리고 번을 씌워서 차곡차곡 가마 속에 집어 넣었다. 번(燔)이란 가마 속의 불길과 연기가 직접 닿지 않도록 그릇을 씌우는 덮개이다. 그것 역시 구워서 만들지만, 한 번 쓰고 내다 버리는 것은 아니니까 노상 여분이 있다.

바닥에 흰 모래를 얄팍하게 깔고 그 위에 그릇을 얹은 다음, 번을 씌워 뚜껑을 닫는다. 이 노인이 손수 솔잎에 불을 붙여 가마 속에 던졌다. 가마는 꼬박 이틀 동안 연기를 뿜었다. 일꾼들이 불기가 식는 것을 기다려 가마문 앞으로 모였다.

처음 나온 갑번 뚜껑을 젖히려고 하자,

"하나씩 열지 마라, 이놈들아!"

이 노인이 버럭 언성을 높였다. 사발 대접 따위는 여러 개를 겹쳐서 굽지만, 그럭저럭 갑번도 통틀어 백을 넘는다. 그걸 몽땅 내놓은 다음에 선을 보자는 얘기인 것이다. 타케야마는 이 노인의 심정을 알 만하다는 양 두어 번 고개를 끄덕였다.

"다 됐으면 냉큼 달려들어 덮개를 치워라."

일꾼들이 갑번을 거두어서 한구석에 쌓았다. 기껏해야 논 한 마지기 정도밖에 안 되는 아궁이 앞마당이 사기그릇으로 꽉 찼다.

"대단하군."

타케야마가 중얼거렸다.

이 노인은 깨진 그릇을 하나하나 살피며 돌아갔다. 아무리 꼼꼼히 일을 해도 열에 하나는 금이 가거나 생채기가 나기 마련이다. 이 노인이 그토록 안달을 한 것은 깨진 그릇의 수효가 궁금하기 때문이 아니었다.

중천의 보름달은 별들을 무색케 한다. 이 노인은 그중 큰 달항아리를 가슴에 품고 어루만졌다. 그걸 제자리에 놓더니 어깨춤을 추기 시작했다.

"얼씨구, 금사리가 나왔네."

하지만 뜻밖에 타케야마의 태도는 냉담했다.

“빛깔이 좋긴 한데 맛이 없어.”

혼잣말을 엿들은 창길이가 대꾸했다.

“아버지는 금사리와 꼭 같다고 저렇게 좋아하시는데요.”

“잘못됐다는 얘기는 아니야. 하지만…….”

타케야마는 뭔가 아쉬운 빛을 감추지 못했다. 하기야 도자기 감상엔 알맞은 배경과 공간이 필요하다. 산산이 쏟아지는 햇살 아래 수십 수백의 그릇이 널려 있는 광경이란, 하나의 굉장한 장관일 수는 있어도 도자기 감정과는 거리가 먼 일이기는 했다. 그렇다 치더라도 타케야마의 불만은 좀 수상쩍었다.

“타케야마 선생, 제가 보기에도 이번만큼 곱게 빠진 적은 없습니다.”

“아버지께 수고 많이 하셨다고 그래. 이 물건은 나 있는 데 내려 놓도록 하게. 그리고 이건 내가 한턱 내는 거야.”

그러면서 십 원짜리를 한 장 쥐어 주었다.

“고맙습니다. 다음 일 준비는 어떻게 할까요?”

“다음? 아니야, 이걸로 충분해.”

타케야마는 나직이 내뱉고 지팡이를 거꾸로 쥔 채 돌아섰다.

“왜놈들이란 결국 다 똑같다. 인사 한마디 없다니…….”

이 노인은 아들이 내민 지폐를 손으로 털어 버렸다.

“돈 십 원이 어디여?”

일꾼 하나가 말했다.

"그래라. 네놈들은 술이나 실컷 퍼마셔라."

이 노인은 짚신발로 돈을 걷어찼다. 순사 월급이 칠팔 원이었다. 어안이벙벙해진 도공들이 이 노인을 멍청하게 쳐다보고 있었다.

이 노인은 타케야마의 오만스런 태도에 기분이 상했고, 심혈을 쏟아 만든 그릇을 하나도 남김없이 뺏긴 게 분했다. 이치야 뺏긴 셈은 아니나 바로 그런 심정인 것이다.

"창길아, 너 가서 큰 항아리 한 개와, 왜 그 하늘 천 자를 새긴 거 셋하고, 양보해 줄 수 없겠느냐고 부탁해 봐라."

"그래 보지요."

창길이는 매사에 관대한 타케야마로 봐서는 그다지 어렵지 않은 일이겠거니 싶었다.

타케야마는 촛불을 쌍으로 켜 놓고 물건을 추리고 있는 중이었다. 창길이의 청을 듣고 나서

"항아리는 가져가게."

했을 뿐, 나머지는 가타부타 말이 없었다. 창길이는 되묻기도 언짢아서 선뜻 화제를 바꾸었다.

"왜 선생님 마음에 안 드시는지 저로서는 알 수가 없습니다."

타케야마는 곁눈으로 힐끗 쳐다보더니 말했다.

"이 총각, 그걸 설명하기란 어려운 노릇이야. 알고 싶은가?"

"예."

"자네 아버지 인물을 보고 한번 욕심을 내 봤던 것이야. 그런데 이 총각의 아버지가 좋은 그릇을 만들려고 애를 쓰면 쓸수록 정말로 좋은 물건은 나오지가 않아. 알겠나?"

"모르겠습니다."

"글쎄, 뭐라고 할까. 너무나 신통하게 생겼다고 할까? 너무 빈틈이 없어서 되려 볼품이 없다는 뜻이야."

창길이로선 일본말이 짧은 탓도 있겠지만, 도통 알쏭달쏭한 소리였다.

"그러시다면 가마자리에 묻혀 있는 막그릇 같은 것을 원하신단 말씀인가요?"

"그런 것은 조잡해서 못 써……. 이 총각."

타케야마는 고쳐 앉으며 말을 이었다.

"도자기를 보는 법은 나하고 같이 지내면 차차 알게 돼. 하루 이틀에 익숙해지는 것은 아니고. 조선 사람들은 무지해서 탈이야."

"뭘 말씀입니까?"

"고려자기는 귀한 줄 알아도, 조선그릇의 값어치는 모른다는 말일세."

"일본서는 비싸게 팔린다면서요?"

"찻그릇만 그렇지. 하긴 일본 사람들도 아직은 눈이 안 트였어. 이 총각이 봤듯이 분원에 남은 일등 도공의 기술을 가지고도 자네 아버지껜 안됐네만 하늘과 땅만 한 차이야. 두고 보게. 앞으로 조선그릇도 좋은 건 금값이 될 것이야."

창길이는 타케야마의 장황한 말귀를 제대로 알아차리지 못했으나 나하고 같이 지내면 알게 된다는 소리가 마음에 걸렸고, 또 무언가 어렴풋이 짚이는 구석이 없지 않았다.

"타케야마 선생께서 원하신다면 무어든지 기꺼이 심부름을 하겠습니다."

그러고는 깍듯이 머리를 조아렸다.

"내 공부도 시켜 주지. 우선 우리 집에 *서생으로 들어오게."

진작부터의 예감이 정통으로 들어맞았다.

창길이는 이 노인이 느지막이 얻은 외아들이었다. 세 살 때 *상처를 했기 때문에 창길이는 어머니에 대한 기억이 거의 없었다. 지금 어머니는 십 년 전에 들어온 후처인 것이다.

사 년 뒤 환갑을 맞게 될 아버지 곁을 떠나 일인을 따라나선다는 것은 막심한 불효가 아닐 수 없다. 그러나 평생에 한 번 있을까 말까 싶은 이런 기회를 절대로 놓칠 수는 없다고 창길이는 마음먹었다. 그보다도 철이 들면서부터 줄곧 분원 마을에서 빠져 달아날 궁리만 해 왔다고 하는 편이 옳을지도 모른다.

"아버지는 제가 평생 사기장이가 되기를 원하십니까?"

이렇게 실마리를 끄집어 냈을 때 아들의 눈치를 챈 이 노인은 얼른 대꾸를 못 했다. 그 자신의 심중도 복잡한 것이었다. 아들놈을 조선 제일의 도공으로 키우고 싶은 욕심과, 이와는 반대로 자식한테까지 그놈의 지긋지긋한 사기장이 노릇을 시켜서는 안 되겠다는 생각에 도무지 갈피를 잡지 못했다.

"타케야마한테 무슨 소리를 들었는지 모르겠지만, 네가 우리 조선의 광복을 위해서 싸우지는 못할 망정 왜놈의 하인이 되겠다니, 천하에 괘씸한 녀석 같으니라고. 아예 입 밖에도 내지 말아."

이 노인은 자신의 말에 더욱 흥분을 가누지 못했다.

"아버지, 어차피 지금은 일본 사람의 세상 아닙니까? 독립만세를 불러 본들 아무 가망이 없다는 것을 아버지도 아셨을 겁니다. 일본 사람 덕 좀 보자는 것이 뭐가 나쁩니까? 세로 가건 모로 가건 돈 벌고 출세해 놓고 볼 일이지요. 세상 돌아가는 판에 거꾸로 도는 건 바보짓이에요. 아버지는 잠자코 계시기만 하세요. 제가 아버지를 편안하게 해 드릴 테니까요."

아들은 방바닥 한 점을 응시하며 냉정하게 말했다.

"창길아, 네가 왜놈을 따라 집을 나간다면 자식으로 여기지 않겠다."

"아버님 말씀을 잘 들어야 한다."

이 노인보다 이십은 젊어 뵈는 마누라가 한마디 참견을 했다. 창길이는 싸늘하게 웃었다.

"어머니, 하루면 왕래할 수 있는 경성인데요."

"너 정말 가겠느냐?"

이 노인의 꺼져 드는 목소리였다.

"저희 집안을 위해섭니다."

"아직 장가도 못 들인 게 한이다."

어쩔 수 없는 승낙을 뜻했다.

이튿날 아침, 창길이는 타케야마의 숙소로 찾아갔다. 마침 나카노가 와 있었다.

"여, 이 총각."

나카노는 아주 기분이 좋아 보였고, 탁자 위엔 사발 세 개가 나란히 놓여 있었다.

"나카노 선생께서 저 찻그릇이 마음에 든다고 하시네."

타케야마가 반농담으로 말했다.

"허어, 내가 언제 허튼 수작을 하던가? 타케야마 군, 내 장차 저걸 명기로 만들 테니 구경만 하게."

그러고는 목을 길게 빼며 새삼스레 노려봤다.

"이 총각 아버지가 양보해 달라고 하셨다네. 자넨 한 쌍만 갖고 하나는 그렇게 하게나."

역시 타케야마 선생이야말로 도량이 넓은 분이라고 창길이는 감격했다.

타케야마는 선생님의 가르침을 받겠다는 창길이의 말을 듣자,

"음, 잘 결심했네. 나카노 선생과 얘기할 게 있으니까 자넨 자리를 피하게."

하며 턱으로 문밖을 가리켰다. 음성은 부드럽지만 별안간 찬바람이 인다. 창길이는 낯을 붉히며 물러나갔다.

"조선인이란 친절히 대하면 슬금슬금 기어오르려고 한단 말이야. 가끔 침을 놔야지."

타케야마가 말했다.

"여간내기가 아닌 것 같던데?"

"그건 그래."

"타케야마 군, 처음엔 그렇게 거창스레 나오더니 웬일인가? 물건도 저만 하면 처분이 될 것 같고. 한데 난 잘 모르겠어."

나카노는 타케야마가 좀 변덕스럽다고 생각하는 품이었다.

"안 되는 일이 억지로 되겠는가……. 하긴, 근본을 따지자면 내 욕심 때문이야."

"욕심이라니?"

"내 꿈 같은 거라고 할 수도 있지."

"그렇다면 한 번 시험만으로 포기해서야 되겠나?"

골동품으론 취급할 수 없다손 치더라도 이번 그릇만 한 거라면 토산물로 내놓아도 밑지지는 않는다는 나카노의 속셈이었다. 더군다나 백에 하나쯤은 수장품으로도 손색이 없는 진품이 나온다는 재미가 있지 않은가.

조선그릇은 우선 연대를 따지게 되는 것이지만, 몇십 년이 지나면 이 노인이 만든 물건도 조선 말기쯤으로 행세할 수 있게 될는지 모를 일이다. 화학약품으로 군데군데 풍화를 시켜서 땅속에 한 십 년 묻어 두지 않더라도 말이다. 그러나 신용 있는 골동상이 이따위 짓을 할 수야 없었다.

"반가량 남았네. 반납하겠어."

"난 *출자한 것이 아니고 자네 취미를 위해서 돈 좀 낸 것뿐이야. 자네 것일세."

그만큼 우정이 두터운 건지, 작자의 배포가 큰 것인지 분간키 어려운 장면이었다.

"고맙네."

타케야마의 대꾸도 싱거웠다.

"내 나름으로 해몽할까? 자네의 꿈은 땅속에 있어. 땅속에도 있고 산간벽지 옛집의 부엌이나 벽장 속에도 남아 있어."

나카노는 상대편의 마음을 탐색하듯 마주 보았다.

"두 손 들었네. 그러나 돈이 목적은 아니야. 미친놈 소리 듣겠지만 조선 천지에 있는 조선그릇은 나 혼자 독차지하고 싶다고나 할까."

"자넨 안 변했군."

나카노의 표정엔 어떤 감회가 서렸다.

"실토하자면 기대가 어긋나서 다행이었어. 놈들이 정말 조선그릇다운 걸 재현시키지 않나 겁이 났던 걸세. 알겠나? 조선은 나라와 함께 도자기도 망했어. 일말의 동정을 금할 수 없지만."

"복잡한 친구로군."

나카노가 소리 없이 웃었다. 청년 시절부터 허황된 구석 속에 묘하게 사람을 이끄는 매력이 타케야마에겐 있었다. 나카노는 그런 걸 회상하며 다시 웃었다.

타케야마의 저택에서 일본인 식객 한 사람과 같이 기거하게 된 이창길의 나날엔 엄청난 변화가 일어났다. 다다미 위에 꿇어앉는 법을 비롯해서 일인들의 무척 까탈스러운 예의격식을 하나하나 익혀야 했고, 목욕탕에서 불때기, 심지어 물긷기 따위의 잡역도 거들어야 했다.

'요시다' 라고 하는 동거인은 서생이라고 하기엔 너무 늙수그레했고, 그렇다고 *행랑살이 하인이라고 보기엔 너무 후한 대접을 받고 있었다. 종일토록 팔베개로 뒹굴며 신문을 읽거나 천장이 울리게 코를 곯았다. 저녁을 먹고 나면 유카타 위에 굵은 띠를 허름하게 매고 사타구니를 반쯤 드러낸 채 나막신을 끌며 목욕탕엘 다녀왔다. 집 안에도 욕실이 있긴 하지만 주인 내외 밖에는 사용이 금지되어 있었다. 그보다도 요시다에겐 하루 한 번 동네 대중탕에 가는 것이 유일의 취미인 모양이었다.

제 몸가짐은 그 꼬락서니이면서도 창길에겐 엄하기 짝이 없게 굴었다. 취침 시간 전엔 절대로 몸뚱이를 뉘지 못하게 했고, 미닫이 여닫는 소리가 소란스럽다고 핀잔을 주었다. 타케야마 선생께서 요시다한테 예절을 배우라고 일렀으니 시키는 대로 좇을 수밖에 없는 노릇이기도 했지만, 모든 것이 다 수양이라고 마음을 먹는 창길이었다.

보름쯤 지나서 야학엘 다녀도 좋다는 허락이 내렸다. 타케야마 부인이 준비금이라고 해서 이십 원을 내주었다. 그걸로 학생복하고 구두까지 장만을 했다.

지정해 준 야학이라는 데를 구경 갔더니 본정통 막바지, 금방 쓰러질 듯한 길쭉한 목조 건물에 '청운학숙(靑雲學塾)' 이란 붓글씨 간판이 걸려 있었고, 그나마 이층 전체가 교실인 줄 알았으나 겨우 방 둘을 빌어 쓰고 있는 형편이었다. 말하자면 관청과 회사의 *급사나 상점의 견습점원 같은 또래들이 중학 과정의 시늉만 내고 있는 그런 따위의 야학이었다.

창길이는 독학으로 소학교 교과서는 대충 떼긴 했지만, 과연 일본 애들한테 뒤지지 않고 따라갈 수 있을까 하고 지레 겁이 났다.

등록을 마치고 학생복 차림으로 보고하니까,

"호오! 전문학교 학생 같군 그래."

칭찬인지 조롱인지 분간 못 할 타케야마의 말이었다.

"성적만 좋다면 더 좋은 학교로 전학할 수가 있다. 이 년이고 삼 년이고 마음껏 공부해라."

"선생님 은혜는 일평생 잊지 않겠습니다."

창길이는 다다미에 이마빼기가 닿도록 절을 했다.

"요시다 군하고는 잘 지내고 있겠지?"

"네."

"그 사나이 그래봬도 담이 여간 크지가 않아. 사나이는 원래 담이야. 모험도 하고 승부도 걸어야지."

"알겠습니다."

뭘 알겠다는 대답인지 알 수 없으나, 아무튼 창길에게 *면서기 · *훈도 · 순사 나부랭이는 이제 안중에도 없었다.

애를 가진 아버지 소학생도 드물지 않은 때였으므로 나이 열여덟에 중학 일 년이라고 해서 창피할 것은 조금도 없었지만, 같은 학숙의 일본애들과는 역시 서넛은 터울이 진 데다가, 조선 사람이라곤 오십 명 중에 단 하나밖에 없는 관계도 있어 어쩔 수 없이 별물 취급을 당했다. 걔들과 친구가 되기 위해서 목이 거북한 학생복을 입고 다니는 것은 아니니까, 자기를 놀리건 상대를 말건 아무래도 좋았고 또 그런대로 공부에도 재미를 붙였다.

문제는 낮의 시간이었다. 오전 중엔 학숙에서 배운 것을 복습하고 지냈는데 오후엔 별반 할 일이 없었다. 마당을 쓸고 장작을 패기도 하지만 날마다 도끼를 휘둘러야 할 만큼 나무를 때는 집안도 아니어서 영 심심해 견딜 수가 없었다. 반나절을 요시다하고 한방에 도사려 앉아 있자니 그건 더욱 답답한 노릇이라, 용무도 없는데 곧잘 거리를 쏘다니기도 했다.

"네 얼굴에 '지루합니다' 란 글귀가 적혀 있다. 음, 좋은 수가 있지."

일정한 근무처가 있는 것은 아니지만, 타케야마는 사나흘에 한 번쯤 아침 아홉 시께 출타해서 오후에 일단 집에 돌아오곤 했다. 가끔 총독부나 경성부 같은 관청을 찾아가, 그의 말대로 한다면 적어도 국장급 이상의 관리들과 시국담 같은 것을 나누기도 하지만, 대개는 시내 고물상과 골동상 순례가 소일거리의 전부였다.

타케야마가 말한 좋은 수란, 그럴 때 창길이를 데리고 다니면 일석이조가 아니겠느냐는 것이었다. 그 밖에 한 가지는 물론 골동에 대한 안목이 절로 길러진다는 뜻일 것이다.

"그렇게 해 주시면 감사하겠습니다."

기어이 사기장이 신세만은 면해야겠지만 도자기 전문가가 되는 날엔 자신도 즐기고 돈도 벌 수 있다니, 하필 타케야마의 권유가 아니더라도 마다할 까닭이 있을 리 없었다. 타케야마의 일과가 오래 전부터 그랬다면 왜 진작에 그런 얘기를 끄집어 내지 않았을까, 미심쩍은 구석이 좀 있기는 했다.

서울엔 일인이 경영하는 골동상이 댓 군데, 그리고 수십에 달하는 조선 사람 고물전이 산재해 있었다. 실상 타케야마가 자주 드나드는 곳은 저들 점방이 아니었다.

고물전에 들어가선 말수가 적은 타케야마였다. 눈에 띈 물건을 지팡이로 가리키고, 값을 묻고, 흥미를 느끼면 밝은 장소로 옮겨서 샅샅이 살펴보고, 또 흥정을 붙이고……. 그런 장면은 멍청하게 구경만 하고 있어선 무의미하다. 어떤 물건에 그가 관심이 가는지, 그만한 것의 시세는 어떤지, 한 가지 한 가지를 공책에 기록하듯 눈공부를 하는 창길이었다.

한 가지 창길이를 난감하게 만든 것은 아버지 이 노인과의 관계였다. 첫 달 급료 십 원 중에서 절반을 우편 송금으로 보냈는데, 의외로 아버지의 편지와 함께 되돌아왔다. '네가 경성유학간 일을 나무라고 싶지는 않다. 아무쪼록 공부 많이 해서 훌륭한 사람이 돼야 한다. 그러나 내 아들이 일인의 하인 노릇을 해서 번 돈을 애비로서 어떻게 받아 쓸 수가 있겠느냐.' 라는 것이었다.

아버지의 고집이 그러하시다면 왜 진작에 타케야마를 좇아가지 못하도록 막지 않으셨는지 창길이로선 도무지 석연치가 못했다. 넉 달 만에 설을 쇠려고 처음 내려갔을 때 아버지의 고집

을 꺾으려고 무진 애를 썼지만 허사였고, 되레 부자 사이의 틈을 더욱 벌리게 하는 꼴이 되었다.

"아버지, 일인의 종노릇을 하건 말건, 이 돈은 제가 번 제 돈 아닙니까."

"이치는 그렇다. 이제 세상이 달라졌으니 네가 벌어 네가 쓰는 것을 탓하지는 않겠다만서도, 이 애비까지 그 돈에 얹혀서 살아야 되겠느냐? 내 걱정은 말아라."

"그럼 아버지는 왜 일인들 품삯을 받고 일하셨어요?"

"이 애비 심정을 모르겠느냐? 이 애빈 비록 일인들 돈을 받긴 했어도, 분원 도공으로서 일을 한 것이지 그놈들 위해서 한 건 아니었다."

"마찬가지 얘기가 아닙니까."

"마찬가지가 아니다."

그러면서 아버지는 끝내 돈을 거절했다. 한편으로 생각하면 객지에서 고생살이하고 있는 네가 집안 살림까지 걱정할 것 없다는 아버지로서의 자상한 마음씨 같기도 했지만, 그럼 그렇다고 분명히 말씀하실 일이지 말끝마다 왜놈 하인 어쩌고 하며 단 하나뿐인 아들에게 섭섭하게 하실 게 뭐냐는 창길이의 심사였다.

오해를 하기 시작하면 육친의 경우 더 무서울 수가 있다. 그 이후로는 편지 왕래마저 뜸해졌는데, 타케야마라는 은인을 만나 휘황한 장래가 약속된 창길이로선 지지리도 가난한 분원마을의 물정이 눈에 들지 않게 된 것도 사실이었다.

워낙 눈치가 빠른데다 어렸을 적부터 도공의 수련을 제법 쌓은 창길이었다. 몇 달 부지런히 고물전을 출입하면서 도자기의 값어치와 타케야마의 취미를 대충 익히게 되었다. 그리고 같은 물건일지라도 고물전 구석에 뒹굴고 있는 것과 골동점 진열장 속에 모셔 놓은 것과 얼마나 엄청난 차이가 있는지를 알게 되었고, 그런대로 골동품 시세의 비밀을 터득하게 되었다.

동경서 다시 나카노가 찾아와서 사나흘 묵고 돌아간 뒤, 타케야마는 새삼스럽게 창길이를 객실로 불러들이고는 슬슬 구슬려대기 시작했다.

"이 군, 내 짐작대로군. 그만큼 안목을 길렀으니 이제부턴 서서히 움직여 봐야지."

서서히 움직여 본다는 뜻을 제 나름으로 풀이한 창길이는 그저 감지덕지하는 시늉으로 대답했다.

"힘껏 해 보겠습니다."

고물전에서 헐값에 거둬들인 물건을 골동상이나 수장자들한테 비싸게 안기는 흥정쯤이라면 능히 감당할 수가 있을 것 같았다. 한데 그렇게 짐작한 것은 창길이답지 않게 사리에 어두운 속단이었다.

하루저녁, 타케야마는 이층 거실에 술상을 차려 놓고 서생 방의 둘을 청했다. 이제껏 없던 파격이었다.

"이 군, 도자기에 관해선 사실 요시다 군이 나보다 한 수 위야."

그러면서 타케야마는 의뭉하게 씩 웃었다.

"별말씀을 다 하십니다."

요시다가 빈 잔을 올리며 말했다. 타케야마는 이미 딴 자리에서 술을 마신 모양이었다. 비틀거리는 걸음으로 옆방에서 높직한 오동나무 상자를 안고 왔다.

"내 누구한테도 공개하지 않은 비장품을 보여 주지."

하며 높이 삼십 센티 가량의 길쭉한 병 하나를 내놓았다. 새까만 무늬가 분방하게 그려져 있는 분청 계통이었다.

"요새 계룡산 근처에서 이따금 나오는 물건인데, 모두들 중국산으로 알고 있단 말이야. 일본 사람도 소견이 좁아. 조선 것이 아니라고 우기고 있으니."

혀 꼬부라진 타케야마의 얼굴에선 붉은 광채가 번들거렸다.

"중국 것은 오만하고 일본 건 속되고, 조선이 좋아. 아무도 돌보지 않는 조선기를 살피는 것이 내 소원일세. 알겠나, 이 군?"

설사 마음속에 물욕이 도사리고 있다손 치더라도 이런 도취와 집념이 얍삽한 연기만일 수는 없었다. 무엇인가 창길이의 가슴을 울리는 가락이 있었고, 다시 병을 쳐다보았을 때 그 속에 사람의 혼백이 들어 있는 성싶은 섬뜩한 느낌을 주었다.

타케야마는 자세한 내용을 밝히지 않고, 요시다에게 바람을 쐬고 오도록 일렀을 뿐이다. 요시다가 데려다 준 곳은 일본 유곽이었다. 거기서 또 술을 마시고, 창길이는 정신없이 곯아떨어졌다.

새벽녘에 갈증 때문에 눈이 뜨였고, 한이불 안에 머리를 푼 일본 계집이 잠들어 있는 것을 알았다. “장가 못 들인 게 한이다.” 했던 아버지의 말씀이 되살아났지만 창길은 총각티를 내지 말아야 한다는 생각에 사로잡혀 있었다. 일본 계집은 상냥하게, 그리고 자연스럽게 창길이의 어설픈 동작을 이끌어 주었다.

아침, 요시다가 창길이 방으로 건너와 함께 조반을 들었다. 상을 물린 다음 요시다가 말을 꺼냈다.

“대강 알고 있겠지만…….”

이제 고려자기는 거의 바닥이 났을 뿐 아니라 고려왕릉 같은 데도 감시가 심해져서 선불리 손을 댈 수가 없지만, 조선기는 말하자면 곡괭이도 대지 않은 무궁무진한 황금의 광맥이나 다름이 없다는 것이었다. 또 금광의 소재를 알아 내고 빈틈없이 일을 해내기 위해서는 창길이와 같은 유능한 조선 청년이 발벗고 나서 줘야 하겠다는 것이었다.

창길이는 비로소 자신의 발밑을 들여다볼 수가 있었다. 공부를 시켜 준다는 약속은 낚시 바늘에 매달린 미끼였다. 그렇지만 이상하게도 속았다는 생각은 들지 않았다. 속을래야 속을 밑천이 없는 것이다. 요시다의 말을 듣고 대강 돌아가는 판국을 알 수 있게는 됐지만, 어차피 밑져야 본전이었고 기왕에 내친걸음이었다.

“공부야 돈 벌어서 동경 유학하면 그만이지 무슨 걱정인가.”

창길이는 요시다가 내뱉은 이 한마디로써 그 알량한 야간 학숙을 미련없이 단념하고 말았다.

타케야마가 정해 준 여행 기간은 두 달이었다. 행장을 장만하기 위해 시장을 쏘다녔고, 일본의 참모본부에서 만든 군사용 지도 수십 장을 쌓아 놓고 *독도법을 배우기도 했다.

이러는 동안 자신의 내력에 관해선 일절 말이 없던 요시다의 정체가 차차 드러났다. 진작부터 조선땅에 들어와서 고려자기 같은 것을 전문으로 해 온 도굴꾼인 모양이었다. 적어도 그런 인부들을 부려 본 경험이 있는 것만은 틀림이 없었다.

도굴꾼을 호리꾼이라고도 한다. 도굴의 역사는 합방 이삼십 년 전으로 거슬러 올라간다. 일인들은 조선 사람 호리꾼을 길러 개성 주변에서 시작하여 강화도, 전라남도 일대를 닥치는 대로 파헤쳤다.

그때 따라갔던 조선 사람 호리꾼들이 곳곳에 산재해 있었지만, 고려 것은 이미 바닥이 났을 뿐 아니라 조선그릇에 대해서는 아는 것도 없고 또 별반 작자도 없었기 때문에 요즈음은 농사 같은 걸로 생업을 바꾼 것이다. 말하자면 호리 경기도 한물간 무렵이었다.

창길이에겐 이러저러한 사정이야 아무래도 상관이 없는 노릇이었다. 타케야마에게 충성을 바치고 일만 정직하게 한다면 대판 운수가 트일 것이어서, 그런 데 눈을 돌리지 못하는 조선 사람들이 미련할망정 타케야마 선생을 원망할 심사는 티끌만큼도 없었다.

두 사람의 행장은 *토리우치 모자에 당꼬 바지, 물통을 하나씩 찬 것까지 영락없는 광산꾼이었다. 창길이의 호주머니 속에도 회중시계와 휴대용 나침반이 들어 있었다. 여간 부자가 아니고서는 어림도 없는 회중시계였다. 요시다가 든 검은 빛 가방은 돈뭉치의 부피로 옆구리가 불룩했다.

그들의 처음 목적지는 계룡산 근처였다. 우선 신용할 만한 호리꾼을 서넛 확보해야 했다. 가령 개성에서 알아주던 호리꾼이라고 해서 데려다가 당장 써먹을 수는 없었다. 호리꾼은 첫째로 지리에 밝아야 하기 때문이다. 또 한 고장에 오래 눌러 있어야 솔깃한 정보를 입수할 수가 있고, 도굴의 기회도 제대로 잡을 수가 있다.

남대문 정거장에서 기차를 타고 점심때쯤 대전에 도착했다. 여기서부터 줄곧 걸어가야 할 판이다. 유성을 거쳐서 반포로 넘어가는 산길을 택했다. 요시다가 나무 그늘에 엉덩이를 떨구고 담배를 한 대 피워 물었다.

"타케야마 선생도 *동학사를 다녀오신 일이 있다더군. 그때 주운 파편이 좀 색다른 미시마(三島)였어."

일인들은 분청사기를 미시마라고 부른다. 어원은 분명치 않으나 골동의 때기름이 밴 순 일본말이다.

"자네도 한 대 태우지 그래."

"담배 맛은 아직 몰라요."

"호리꾼들하고 맞상대하려면 주색잡기 못 하는 것이 없어야 돼. 그때 그 계집 어땠어?"

요시다는 야비하게 웃었다. 벌써 네댓 번 되풀이한 같은 수작이었다. 외면해 버린 창길이가 잠자코 있으니까,

"사실 조선 계집이 더 나아."

하고 혼잣말로 중얼댔다. 그러고는 제 경험담을 하나하나 늘어놓기 시작했다.

계룡산은 겉보기에 그다지 높지 않지만 품 안이 넓고 깊었다. 고개를 둘 넘고 반포면으로 들어서기까지 서너 시간 동안 요시다는 온갖 음담패설을 그치지 않았다. 주로 일본의 유곽에서 겪

은 얘기였는데, 계집이란 모두 비슷비슷한 물건이지만 값어치를 알아주는 사내에게 진가를 보여 주는 것이라고 마치 타케야마가 도자기를 놓고 하던 때와 꼭 닮은 소리를 했다. 창길이는 요시다의 음담이 무척 재미있었다. 저도 모르는 새 그처럼 길들어 버린 것이다. 반쯤 일본 사람이 되어 버린 듯한 착각이 들었다.

계룡의 최고봉이 마주 보이는 펑퍼짐한 마을에서 일단 행장을 풀었다. 광산꾼 행색은 마을 사람들 눈에도 생소하지 않은 모양이었다.

주막이 없다기에 그중 허우대가 번듯한 농가를 찾아들었다. 돈 잘 쓰는 광산꾼 손님이라면, 집주인이 뭘 꺼리거나 괴팍스럽지 않은 한 대개 대환영이었다. 그렇지 않아도 인심 좋은 충청도 시골 사람의 손님 대접이라, 초장부터 일이 수월할 것만 같았다.

"근방에 사기조각 많이 나는 데 없습디까?"

이런 식으로 탐색을 시작한다.

"사금파리 말이요? 나무꾼들이 잘 알고 있을 텐데."

"이분은 사기그릇을 연구하는 일본 학자시지요. 지리를 잘 아는 사람을 며칠간 사고 싶답니다. 품삯이야 달라는 대로 줄 테니까."

이쯤 요시다를 소개하면서 돈 냄새부터 물씬하게 풍겼다.

"그건 그렇고 댁에 혹시 고물 놔둔 거 없나요?"

"고물이라니요?"

"해묵은 사기그릇 같은 거 말이요."

고향 어른들께 대하던 때와는 딴판으로 교만해진 창길이의 말씨였다.

"있기야 있지요. 뭣에 쓰려고 그러오?"

"좀 구경합시다. 물건만 쓸 만하면 섭섭치 않게 해 드리리다."

마흔 안팎인 깡마른 집주인은 사방을 두리번거리더니,

"우리네한테 쓸 만한 것이 있을라고."

고개를 내저었다. 집주인의 시늉은 거절의 뜻이 아니었다. 정말 보여 줄 만한 고물이 없다고 믿고 있었다.

"저거 팔지 않겠소?"

요시다가 바깥채 사랑이 없는 ㄷ 자형 뜰 안의 장독대를 가리키며 말했다.

"그건 장 담는 그릇인데?"

주인이 어리둥절해서 대꾸했다. 먼눈으로 봐도 신통치 않은 조선 팔모단지였다. 요시다는 손가락을 하나 세우고 히죽이 웃었다.

"일 원이요?"

놀란 주인이 마누라를 시켜 단지를 부셔 오게 했다. 경성 고물전에 가져가더라도 일 원 받기가 힘들 물건이었다. 더구나 이따위 짐을 걸머지고 쏘다닐 수도 없는 노릇이다.

요시다의 계산은 따로 있었다. 동네를 찾아든 손님이 광산꾼은 아니고 고물 그릇을 구하러 온 묘한 사람들인데 개시부터 집 주인이 횡재를 했다더라, 옛날 가마자리 아는 사람을 찾고 있다 더라, 순식간에 이런 소문이 퍼지고 흡사 *사발통문이라도 돌린 것처럼 잇달아 모여들기 시작한 것이다.

창길이는 타케야마가 준 사기조각 몇 개를 내 보였다.

"이런 거라면 쌔고 쌨시유."

별반 신기할 것 없다는 표정들이었다. 이번엔 분청 조각을 구경시켰더니 두 사람이 알은체를 했다. 둘만 붙잡아 두고 나머지는 돌려보내고 나서 새삼스럽게 통성명을 했다.

김 씨촌이라 성이 같고, 한 사람은 머슴이었다. 그들 얘기를 종합해 보면, 계룡산 학봉 쪽을 향하는 골짜기에 가마자리가 산재해 있는 것 같았다.

조선 때만 해도 계룡산 일대엔 절간이 많았다. 중들이 부업으로 사기를 구웠기 때문이다. 조선 초기 불과 한백 년 동안 유행했던 그릇이 분청사기이며, 고려자기의 기술이 퇴화한 것이라고도 하고, 국초의 활발한 기상이 새 형식을 낳은 것이라고도 한다. 일인들은 지금껏 그런 논쟁을 그치지 않고 있는 터이지만, 미시마 좋아하기로는 양편 모두 마찬가지였다.

이튿날 새벽, 양 김 서방을 앞장세우고 답사에 나섰다. 달구지가 다닐 만한 산길을 한 시 오 리가량 올라가자 비탈진 풀밭 한복판에 거슴츠레한 돌더미가 쌓여 있었다.

"돌을 헤치면 사금파리가 막 나와유."

머슴 김 서방이 먼저 뛰어나갔다.

틀림없는 분청이었지만 무너진 채로 남아 있는 것이 아니었다. 어떤 놈이 진작 파헤칠 대로 파헤친 끝에 가마의 벽을 쌓았던 돌을 한군데 몰아 놓은 것이다.

요시다는 시무룩해서 고개를 내저었다.

"이런 데 말고, 가마 모양이 그냥 남아 있는 곳은 없소?"

대신 창길이가 물었다.

"그냥 남아 있다니요?"

"사기조각이 아니고 그릇째 남아 있는 데 못 봤느냐 말이요."

"못 봤지유."

"어디 몇 군데 더 보도록 하지. 이런 거 때문에 먼길을 찾아 온 게 아니야."

요시다는 안내자가 변변치 못해서 그렇다는 투였다. 창길은 제가 잘못을 저지른 것처럼 속이 불편했다.

도시락을 먹고 나서 두 군데를 더 찾아보았으나 성한 그릇이 묻혀 있음직한 곳은 없었다. 그늘에서 땀을 들이며 요시다는 낯가죽이 두꺼운 그답지 않게 실망한 빛이 완연했다. 아마 상전에게 대할 면목이 없는 탓일 것이다.

창길이는 그렇게 생각했으나,

"사금파리가 있으면 그릇도 있어. 반드시 있다. 땅속에 말이다. 이 작자들을 호리꾼으로 만들어 놓고 기다려야지."

요시다가 멀쩡한 낯으로 지껄이는 것이었다. 이 말을 받아서 창길이가 맡을 차례였다.

"김 서방, 우리가 찾고 있는 그릇이 어떤 건지 대강 아셨을 거요. 물건이 나오면 경성으로 기별을 하시오. 편지 쓸 줄 모른다고? 그럼 두어 달에 한 번쯤 내가 내려올 테니까."

"깨지지 않은 그릇이 어디 있나유?"

"가마자리 아니라도 상관이 없단 말이요. 무덤을 파면 나올 거 아니요."

"무덤이라니?"

두 사람은 동시에 눈이 휘둥그레졌다.

"그렇게 놀랄 건 없소. 임자 있는 묘를 건드려서야 사람의 도리가 되겠소? 임자 없는 오래된 무덤을 누가 뭐라고 하겠소? 돈은 선불로 두둑이 드리리다."

머슴이 아닌 사십 고개의 김 서방이 화를 냈다. 동행한 일본 어른은 경성서도 높은 자리에 있으며 시골 파출소의 순사 나부랭이는 감히 발치에도 가까이 못 한다는 것과, 임자 없는 무덤을 건드려서 무슨 탈이 날 리야 없는 것이지만 죽은 사람의 혼백을 달래기 위해서 물건만 좋다면 염장 비용 조로 약간씩 얹어 주겠노라고 온갖 말주변을 부리는 창길이었다.

그러나 중년 김 서방의 언성은 떨리고 있었다.

"고얀 놈들 같으니라고! 어서 가세."

가래침을 내뱉고는 뒤돌아보지도 않은 채 후다닥 내려가 버렸다. 머슴도 주섬주섬 따라 일어섰다.

"조선인은 바보야, 바보."

요시다가 뇌까렸다. 창길이는 그 말에 울분을 느끼기 보다는, 고루하고 못난 김 서방을 나무라고만 싶은 그런 위인이 다 되어 있었다.

"죄송합니다. 제가 모자라서 실수했지요."

"사과할 것까지는 없고. 이런 밥통들만 사는 동네는 상대하지 말고 당장 떠나세."

그길로 산을 내려와 짐을 꾸렸다. 주인이 단지를 새끼로 옭아서 들기 편하게 가져왔다.

"필요 없다고 하시니까 그대로 놔두시오."

"그럼 돈을 물러드려야지요."

그러면서 허리춤 꼬깃꼬깃 접었던 것을 내놓았다.

"그건 밥값이요."

영문을 모르는 집주인은 후한 셈에 허리를 굽히며 문밖에까지 배웅해 주었다.

한길로 나서서 오릿길은 실히 됐을 즈음이다. 뒤에서 종종걸음으로 쫓아오는 사람이 있었다. 머슴살이 김 서방이었다. 백양나무가 띄엄띄엄 서 있는 신작로엔 다른 인적이 없었다. 요시다가 씩 웃었다. 그러면 그렇지, 조선인이 별수가 있어? 이런 상판대기였다.

김 서방을 주막으로 데리고 들어가서 술을 먹인 다음 쇠꼬챙이로 무덤을 쑤시는 요령부터 가르쳐 주었다.

무덤의 흙을 쑤시고 들어간 창끝은 삭아 버린 관을 뚫고 명기에 닿으면 그 감촉이 손으로 전달된다. 이골이 난 호리꾼은 창끝만으로 연대를 알아맞힌다. 말하자면 창끝에 신경이 달려 있는 것이다. 또한 창이 사기를 쪼을 때, 호리꾼 귓속에 들리는 음향은 결코 환청이 아니다. 그쯤 되기 위해선 한두 해의 수련으론 어림도 없다. 남이 가르쳐 주어서 되는 것도 아니다. 스스로 곤충의 촉각을 길러야 한다.

창길이도 아직 창을 써 본 경험은 없지만 요시다한테서 배운 요령을 김 서방에게 되풀이하는 동안 제 손으로 시험해 보고 싶은 욕심이 동하게 되니 맹랑한 노릇이었다.

김 서방은 연락처를 적어 준 쪽지와 함께 일 원짜리 지폐 석 장을 조끼 호주머니에 접어 넣고,

"일꾼은 걱정 없어유. 날품팔이가 쌨으니까유."

하며 얼굴이 벌개서 돌아갔다.

창길이는 김 서방이 도무지 미덥지가 못한 기분이었다. 먼저 읍내에 나가서 창을 장만할 것이다. 그러고는 산속을 헤매며 옛 무덤을 찾아 낼 것이다. 하지만 임자가 있는지 없는지 제놈이 어

떻게 안단 말인가. 또 무덤의 나이를 어떻게 가늠한단 말인가.

"몇 개 파 보면 저절로 익히게 되는 거야. 조선 사람은 여간 재주가 있지 않아. 내 잘 알지. 자, 다음은 어디로 할까?"

요시다는 입맛을 다시며 지도를 들여다보았다.

"요시다 상!"

하고 창길이가 정색을 했다.

"호리꾼을 모으는 일도 좋지만, 기왕 여기까지 왔으니 우리가 한번 해 봅시다."

"타케야마 선생이 거기까지 말씀하시지는 않았어. 또 성급하게 덤빌 필요도 없고……."

대뜸 요시다는 낯빛을 흐렸다. 창길이가 불만스럽게 입을 다물었다.

"준비도 안 해 왔어."

"창이라면 대장간에 가서 맞추면 될 것 아니오?"

"타케야마 선생께서 호리를 해선 안 된다고 내게 이르셨다네. 알겠나?"

요시다의 태도는 더욱 모욕적인 것이었다. 무덤을 건드리는 건 조선 사람이 하는 일이지 저희 일인들로선 아무 관계가 없는 걸로 치부해야 한다는 말귀였다. 김 서방이면 김 서방이 멋대로 도굴을 하는 것이고, 타케야마나 요시다 켠에서는 그저 물건을 사 주는 입장에 불과하다는 발뺌이었다. 그렇다면 자기는? 조선 사람과 일인들의 중간에 서 있는 자신을 이제야 깨우친 창길이었다. 도둑맞은 놈이 제 물건을 도둑질해서 갖다 바치게 하자는 속셈이었다.

그러나 창길이는 애써 내색하지 않고 말했다.

"요시다 상, 당신이 싫다면 나 혼자서 해 보겠소. 당신은 읍내 여관에서 쉬시오. 내 타케야마 선생이 원하시는 분청을 기어이 찾아 내고야 말겠소."

요시다는 돈독이 오른 한 조선 청년을 가엾게 생각했을 것이다. 아니면 일인 상전에게 충성을 다하는 창길이를 기특하게 여겼을지도 모를 일이었다.

슬그머니 화가 난 요시다는,

"자넨 내 명령에 따라야 해."

덮어씌우듯 말했다. 하지만 타케야마 선생이 장차 아쉬워할 사람은 요시다가 아니고 나 자신일 거라고, 머릿속에 재빨리 주판을 퉁긴 창길이었다.

"타케야마 선생의 의향을 받들면 그만이요. 간섭 마시오."

순간, 요시다는 주먹을 틀어쥐며 무릎을 세웠으나,

"난 경성으로 돌아가겠다. 너 아니라도 얼마든지 있다."

힘없이 내뱉고는 짐을 챙겼다. 저 가방 속에 든 돈을 나눠 줄 리는 없지만, 인부 *기십 명 부릴 정도의 여유는 있다고 생각하며 창길은 요시다의 꼴을 물끄러미 쳐다보고만 있었다.

마침 이튿날이 경천의 장날이었다. 대장간에 들러서 길이 넉 자가량의 쇠창을 만들었다. 땅속의 맥을 짚어 보는 연장으로, 자기는 *지관이 되려는 사람이라고 아무렇게나 둘러댔다.

창길이는 뭣에 홀린 사람처럼 무덤 속의 환영을 좇고 있는 자신을 분명히 깨닫지 못하고 있었다. 타케야마 선생의 총애를 노리자는 심사만은 아니었다.

조선 사람 묘 속에 남아 있는 그릇들은 절대로 일인의 차지가 아니다. 임자는 조선 사람들의 자손일 것이고, 그 그릇들은 조선 사람 가운데 누군가의 손에 의해서 햇빛을 보기를 기다리고 있을 것이다. 송장은 썩어 없어졌으나, 그릇은 아직도 탯속의 애들처럼 숨을 쉬고 있을 것이다.

창길이는 도내 마을을 중심으로 산중을 쏘다녔다. 요시다가 없는 편이 훨씬 홀가분했다. 시골 사람을 사서 안내를 부탁하지도 않았다. 해가 저물면 인가를 찾아서 하룻밤을 지냈다.

나흘째 되던 날 나무숲 속에서 길을 잃고 두어 시간을 헤매다가 문득 골짜기 건너 양지바른 언덕이 환히 트인 것을 발견했다. 지남철은 동남향을 가리키고 있었다. 그 언덕은 내리막 비탈이 울룩불룩하게 돋아 있었고, 틀림이 없는 무리 무덤이었다. 몇백 년의 세월을 견디어 온 나지막한 *봉토의 높이였다.

때기름에 절고 덤불에 찢긴 그의 행색은 눈자위가 깊이 파인 몰골하며 남루하기 짝이 없었다.

그는 무덤 위에 창을 꽂았다. 짐작보다는 창끝이 무디었고, 흙도 단단했다. 나사처럼 창을 돌려 보기도 하고 못을 박듯이 혼신의 힘을 쏟기도 했으나, 어스름이 깔리기 시작했는데도 관을 뚫지 못했다.

별빛이 총총한 산속의 밤공기는 한결 맑고 차가웠다. 부엉새의 울음소리가 연달아 골짜기를 울렸다. 무덤 안의 혼백들이 산 귀신을 부르고 있는 것만 같았다. 무서움이 되레 창길이의 발목을 붙들었다. 도망을 칠래야 칠 기운조차 나지 않았다.

마침내 부들부들 떨리는 그의 손은 공동을 느낄 수 있었고, 쇠붙이와 쇠붙이가 맞부딪는 촉감이 전율처럼 전신을 훑어 내렸다. 삽을 틀어쥔 창길이는 실성한 듯 달려들어 무덤을 파기 시작했다. 그의 사지는 피로를 잊고 있었다.

둥근 달이 중천에 떠 있었고 사람이 기어들 만한 굴이 뚫렸을 때, 가위에 눌린 뒤의 *허한처럼 식은땀이 온몸을 적시고 있었다.

무덤 속을 더듬는 손끝에 처음 닿는 촉감은 부석부석한 숯덩이 같은 것이었다. 얼마 동안 곰삭은 사람의 몸과 뼈를 지탱하던 백골도 이젠 아무렇게나 관 속에서 뒹굴고 있을 것이었다.

좀더 팔을 길게 뻗자 사기그릇의 살갗이 차갑게 느껴졌다. 아버지가 굽던 그릇의 그런 딱딱한 미끄러움이 아니었다. 한결 차지고 유한 것이었다. 하나는 자그마한 항아리였고 하나는 병이었다. 달빛 속에서 환히 피어난 병의 무늬는 타케야마 선생이 끔찍하게 여기던 그것과 신통히도 닮은 분청이었다.

큰 노름판에서 땄을 적의 기쁨이 그런 것인지도 모른다. 천만에, 그렇게 얄팍할 수는 없을 것만 같았다. 평생의 운수소관이 이 두 개의 그릇 속에 고스란히 담겨져 있을 성싶은 기막힌 심정이었다.

문득 정신을 차린 창길이는 무덤의 구멍을 대충 메우고 풀을 떠서 겉으로 씌웠다. 나머지 무덤에 손을 댈 기력도 담도 없었다. 아니, 한시바삐 타케야마 선생께 보여 드리고 싶었다.

창길이는 연장을 바위 밑에 감추고, 허리에 찼던 자루를 풀어 그릇을 겹겹이 쌌다. 그러고는 멀리 불빛이 깜박이는 인가를 향해서 걸음을 옮겼다. 그러나 등성이 하나를 넘을 때마다 방향을 잃었고, 불빛은 더욱 멀어졌다.

첫닭의 울음소리가 들리고 동녘이 희미하게 밝아올 즈음, 겨우 외딴 농가를 찾을 수 있었다. 아침을 청한 다음 농군에게 물었다.

"저기 저 산 이름을 무어라고 합니까?"

"계룡산이지 뭐긴 뭐예유?"

"그 아래 왼편으로 뾰쪽한 봉우리 말입니다."

"몰라유. 산봉우리 아래를 대추나뭇골이라 합니다만……."

된장국에 보리밥 *고봉 한 사발을 치우고 나자 피로와 졸음이 한데 몰려들었다. 늘어지게 한잠 자고 나니 회중시계가 오후 한 시를 가리키고 있었다.

밝은 데서 그릇을 다시 확인하고 싶었지만, 유성 읍내까지 삼십릿길을 줄곧 참았다. '임자가 없는 물건이니까 훔친 것은 아니다. 나는 죄인이 아니다.' 창길이는 그처럼 자기 자신을 되풀이해 타일렀다.

대전서 야간 열차를 놓친 그는 일본식 여관에 들었다. 목욕을 하고 나서 유카타 바람으로 저녁상을 받자, 나이 삼십에 처자식도 없이 남의 집 신세만 지고 사는 요시다 따위보다는 월등한 신분처럼 기분이 느긋했다.

식모를 물리고 짐을 챙겼다. 항아리와 병을 토코노마에 나란히 얹어 놓았다. 그걸 바라보는 창길이의 눈엔 독한 취기가 돌아 있었다.

마침 타케야마는 집에 있었다. 창길이의 절을 받고 나서,

"요시다 군과 다투었다며?"

수고했다는 치하 한마디 없이 이렇게 따져 물었다. 창길이는 얼른 대답하지 않았다.

"요시다 군의 지시를 받도록 일러 놓지 않았는가?"

"선생님께선 요시다 상이 사내대장부답게 담이 크다고 하셨지만 저로선 뜻밖이었습니다."

요시다는 부재중인 모양이었다.

"건방진 소리 말아."

타케야마의 말소리는 거칠지만 별로 노하고 있는 것 같지 않

은 내색이었다.

"이건 선생님께 올리는 선물입니다. 호리꾼들 모으는 일이야 제게 맡기시면 됩니다."

그릇 두 개는 잠시 타케야마의 낯빛을 시뻘겋게 만들었다. 그러나 손수 쥐어 보지는 않았다.

"호리를 하라고 너한테 시키지는 않았어."

"알고 있습니다. 그러나 호리꾼을 다루자면 호리가 뭔지 알아야 하지 않습니까? 그리고……."

"그리고 뭐야?"

"선생님께 폐를 끼칠 짓은 안 합니다."

"고생이 많았겠다."

이제야 타케야마는 여느 때의 부드러운 가락으로 말했다. 창길이는 요시다와 헤어지게 된 곡절이며, 대장간에서 창을 구해 산속을 헤매던 이야기를 상세히 전했다.

"겁 없는 놈이로구나. 한데 옛날 무덤이란 한군데 여럿이 모여 있는 법인데……."

"저도 그 근처를 살펴봤지만 외무덤이었습니다. 어떻게나 험하고 깊은 산중인지 다시 찾아갈 자신도 없습니다만."

창길이의 대답은 이미 그 무덤 곁에서 마음먹었던 거짓말이었다. 더 정확히 얘기하자면 달빛 속에 떠오른 국화 무늬를 본 순간 가슴 깊이 새겨 둔 비밀이었다.

"요시다 군과는 의좋게 지내야 한다. 그리고 며칠 쉬었다가 다시 내려가 보아."

"요시다 상하고 함께 말입니까?"

타케야마는 잠깐 궁리하는 체하다가 대꾸했다.

"너 좋은 대로 해라."

창길이의 눈앞엔 요시다가 끼고 다니던 돈가방이 스치고 지나갔다. 두 팔을 무릎 위에 뻗치고 머리를 조아린 창길이에게 타케야마는 말을 계속했다.

"어때, 우리 집에서 남자 한 몫의 구실을 하게 됐으니 일가를 이루어야지."

마땅한 색시가 없다면 자기가 물색해서 주선할 용의가 있노라고 하면서 눈을 가늘게 떴다.

"일본 색시를 말입니까?"

"아니야, 그런 뜻은 아니야."

타케야마는 유쾌하게 소리내어 웃었다. 그러고는 예의 물건들을 품에 안고 어루만졌다.

창길이가 입수해 온 그릇은 흠집이 없는 완전한 것이었다. 설사 유가 가고 이가 빠져 있다손 치더라도 이만큼 당당한 물건이라면 결점이 눈에 거슬리지 않는 법이다.

꽃무늬는 항아리, 더구나 병에선 두 마리의 물고기가 생동하고 있었다. 버드나무 가지를 물고 헤엄치고 있는 희한스런 어문

(魚紋)이었다.

타케야마에겐 동경서 법학을 공부하고 있는 외아들이 있지만, 아비의 도자기 취미를 이해하지도 못할 뿐더러 은근히 경멸하는 눈치였다. 하기야 그놈이 아비처럼 그릇에 미쳐서 입신양명의 뜻을 버린다면 그도 곤란한 노릇이기도 하며 억지로 도자기 취미를 불어넣을 생각은 조금도 없으나, 그렇다고 해서 서운하고 못마땅한 구석이 전혀 없는 것은 아니었다.

창길이란 놈은 무지한 조선인 도공의 자식이긴 하지만 써먹을수록 쓸모가 더해지는 재간둥이인데다가, 상전에 대한 충성심도 그만하면 됐다 싶었고, 무엇보다 태반의 조선 청년들처럼 까닭없이 일본 사람을 증오하며 비뚤어진 심사로 대드는 그런 성미가 아니어서, 장차 길게 바라볼 수 있는 일종의 '호리다시 모노' 임이 틀림이 없다 싶었다.

요시다에겐 하코비(물건 나르기)를 시켰다. 나카노와의 연락을 겸해 경성서 긁어들인 도자기 중에서 알짜는 빼놓고 나머지를 정리해서 요시다 편에 보낸 것이다. 시골로 내려간 창길이한테서는 아직 소식이 없지만, 기다리는 시간이 길면 길수록 나중에 재미도 보람도 있으리라는 기대였다.

한데 뛰는 놈이 있으면 나는 놈이 있다고, 계룡산 가마자리에서 캐냈다는 미시마 수십 점이 동경의 골동상에 쏟아져 나왔다는 기별이 있더니, 얼마 후엔 미술 잡지에도 기사가 났다. 더구나 계룡산에서 났다 하여 '계룡산'이란 이름까지 붙었고, 부르는 게 값이라는 것이었다. 이런 판국에 나카노가 잠자코 앉아만 있을 리가 없었다.

"조선백자도 좋지만 '계룡산'을 좀 어떻게 구해 줘야겠네."

나카노는 도착하자마자 대뜸 이렇게 주문을 붙였다.

"사진만 봐서 무어라고 말할 수는 없으나 지금 동경서 나돌고 있다는 물건은 내 보기엔 이류품이야."

타케야마는 딴청을 부리듯이 대꾸했다.

"그럼 자넨 일류를 가지고 있다는 소린가?"

"그렇지는 않아. 그동안 수소문해 봤더니 코바야시란 녀석이 장난을 친 거더군. 하지만 그 녀석도 밥통이야."

코바야시란 본정통에서 도자기상을 경영하고 있는 자인데, 원래가 호리 전문으로 저들 세계서도 괄시를 받고 있었다.

"선수를 뺏겼으면 뺏겼다고 솔직히 시인하게."

자칫하면 전주의 본성 같은 것이 드러나 뵈는 장면이었다.

"모르는 소리. 계룡산이 무진장 나온다고 보나? 도대체가 미시마란 고작 백 년 동안 구운 그릇이 아닌가? 어떻게 해서 그런 특수한 것이 계룡산에서 나오는지 알 수는 없어도 보나마나 금방 바닥이 날 것이야. 나 같으면 한 점 두 점씩 감질나게 내놓지."

타케야마는 마치 무더기로 감추어 놓고 큰소리치듯 떵떵거렸다.

나카노가 며칠 묵고 있는 사이에 '계룡산' 소동은 묘한 방향으로 굴러가기 시작했다. 동경서 퉁긴 불씨가 경성서 타는 격이었다. 총독부서 경성 제국대학의 쟁쟁한 교수나으리들을 동원해 계룡산 가마자리를 본격적으로 파헤치기로 했다는 것이다. 물론 값비싼 도자기에 탐이 나서가 아니라 학술 연구를 위한 일이겠지만, 결국 '계룡산 붐'에 부채질하는 꼴이 되어 뒤늦게 당황한 골동상인들이 충청도 일대에 카이다시(물건 사들이기)를 보낸다, 호리꾼 왕초를 찾는다, 수선깨나 피우게 되었다.

타케야마는 대규모의 호리꾼 조직을 손에 쥐고 있는 만큼 성급하게 굴지 말고, 한 이삼 년 기다리고 있으면 돈방석 위에 올라앉게 되기 마련이니 코바야시 같은 장돌뱅이를 상대할 필요가 없다고 나카노를 설득시켰다. 그러면서 창길이가 알짜 '계룡산'을 발견한 사실만은 비추지 않았다.

나카노가 떠난 다음 날 창길이가 햇볕에 새까맣게 그을린 얼굴로 돌아왔다. 두 달 남짓 산짐승처럼 쏘다녔을 텐데 몸매가 여위기는 커녕 살이 붙은데다 눈빛도 착 가라앉아 서너 살쯤 숙성해 보였다.

생각이 굴뚝 같던 그놈의 '계룡산'은 한 점도 없었고 조선 초기가 한짐이라 적이 실망하지 않을 수 없었는데, 이번 여행의 주목적이 카이다시 노릇이 아닌 바에야 핀잔을 줄 계제도 못 되었다.

"그래, 몇이나 잡아 놨어?"

"다섯 명입니다. 그놈들을 하나하나 데리고 직접 호리를 시켜 봤지요. 그중 한 사람은 풍수쟁이입니다."

"풍수쟁이?"

타케야마도 조선의 풍수지리설이 어떻다는 것쯤은 대강 알고 있지만, 도굴과 풍수쟁이와 관계가 있다는 건 금시초문이었다. 요시다도 그런 소리는 하지 않았는데…….

"논산읍에 고려자기 하던 작자가 있다기에 찾아갔었지요. 그랬더니 풍수쟁이 하나를 소개시켜 주는 것이 아닙니까?"

타케야마는 창길이의 설명을 듣고 속으로 무릎을 쳤다.

용한 풍수쟁이라면 전망이 좋은 산꼭대기에서 아래를 굽어보고, 한눈에 묏자리 쓸 만한 곳을 알아맞힌다. 명당 때문에 살인이 나는 조선인들이 아닌가. 지금도 *석물깨나 쓸 만한 집안이라면 으레 풍수쟁이 신세를 지게 되어 있다. 옛날에야 오죽했을 것인가.

비록 석물은 매몰되거나 도둑맞고 자손들이 박살난 옛날 무덤일지라도 *부장품을 넉넉히 쓴 무덤이라면 반드시 명당을 골랐을 것이다. 그래서 풍수쟁이의 눈이 명당을 찾아내고 그 언저리를 자세히 살펴보면, *봉분이 꺼진 무덤이라도 영락없이 점찍을 수가 있다는 것이었다.

"그 작자를 데리고 서너 군데 시험해 봤는데 반가량 신통하게 알아 내더군요. 비용이 좀 들긴 합니다만…….”

창길이는 한결 거칠어진 손등을 문지르고 있었다. 타케야마가 금고에서 지폐 한 묶음을 꺼내어 창길이 앞에 던졌다.

“저번 ‘계룡산’의 대가다. 넣어 두어.”

그건 일 원짜리 한 다발이었다. 자그마한 집 한 채 값이었다. 꿇어앉은 창길이의 무릎이 가지런히 떨렸다.

“이 군, 이제 우리 집 서생 노릇도 졸업이다. 집 사고 장가들고 해서 어른이 돼야지.”

타케야마는 다정하게 말했다.

대금 백 원을 쥐고 창길이가 먼저 달려간 곳은 분원마을이었다. 일인의 심부름 삯이 아니고, 내 손으로 내가 번 돈이라는 것을 아버지께 알려 드리고 싶었다.

집의 살림살이는 말이 아닌 것 같았다. 요즘엔 일거리가 끊어져서 끼니를 대기도 힘겨운 형편이라는 어머니의 푸념이었다.

저녁때 술이 만취가 되어서 돌아온 이 노인은 아들의 절을 받았다.

“그래, 학교는 다 다녔느냐?”

신사복 차림에 머리를 기른 것이 못마땅한 기색이었다.

“아버지, 경성으로 이사 가십시다. 며느리도 보시고요.”

“팔자 좋은 소리 하는구나.”

“이제 일인들 하인이 아닙니다. 제 힘으로 한몫 잡았어요.”

창길이는 땅속에 묻혀 있는 고물을 파내서 타케야마 선생에게 팔고 있으며, 앞으로 이 사업이 잘 되면 천석꾼이 부럽지 않은 신세가 될 수 있다고 말했다. 남의 묘를 건드렸다는 얘기는 차마 입 밖에 낼 수가 없었다.

"그 호리꾼인가 하는 것이 됐단 말이냐?"

"아닙니다. 저는 그런 일 하지 않아요. 그런 사람들을 부려서 물건을 찾아내고, 다시 작자한테 넘기는 일종의 장사지요."

타케야마 선생도 그 작자 가운데 한 분에 불과하다는 점을 되풀이 설명했다. 아버지를 설득하려는 빈말이긴 했지만, 몇 해 안으로 그 정도의 자기 사업을 벌이게 될 수 있다는 자신이 없지도 않았다.

"애비는 골동품이 뭔지 잘 모르겠다. 한데, 그런 고물 그릇을 우리 조선 사람들에겐 팔지 않고 일인한테만 넘기는 까닭이 뭣이냐?"

"아버지께서도 아시다시피 조선 사람들이 고물 그릇을 찾아야 말이지요."

"땅속에 있는 것까지 모조리 팔아먹다니, 그렇게 되면 우리 조상들이 만든 그릇일랑 하나도 남지를 않겠구나."

창길이는 얼른 대답을 못 했다. 그런 이치를 생각해 본 일조차 없었다. 더구나 아버지가 그런 염려까지 하실 줄이야, 전혀 뜻밖의 일이었다.

"하긴 그렇겠군요."

"네가 객지에서 고생을 하며 이만큼이라도 성공을 했으니 애비로서 기쁘지 않을 리가 있겠느냐? 네 말대로 경성으로 이사를 가마. 며느리도 봐야겠다."

지레짐작보다는 싱겁도록 스스로 고집을 꺾는 아버지였다.

"하되, 한 가지 단단히 일러 둘 게 있다. 다른 조선 사람들이 사들이지 않는다면 네가 잡아 두어라. 일인하고 거래를 안 할 수는 없겠지만, 좋은 물건이 나오거든 일인에게 넘기지를 말고. 그게 조선 사람으로서 해야 할 도리니라. 네가 그럴 마음이 있다면 너한테로 가마."

세상 물정에 캄캄한 줄로만 여겼던 이 노인은 실상 아들이 미쳐 돌아가던 꼬락서니를 훤히 내다보고 있었던 모양이었다.

창길이는 서대문 안에 열 칸 남짓한 기와집을 장만할 수 있었다. 날짜를 잡아 이 노인 내외가 상경하는 날, 마을 사람들은 일손을 쉬고 나루터까지 배웅을 나와 주었다. 그들에게 창길이의 존재는 개천에서 용이 난 격이었다.

벌써 위아랫마을 서너 집에서 혼담이 나오고 있었고 며느릿감으로 이 노인이 점찍어 둔 규수도 있었지만, 창길이의 생각은 좀 엉뚱한 것이었다. 지체고 가문이고 아무래도 상관이 없지만, 일본말을 할 줄 아는 색시라야 되겠다는 것이다. 그러자면 최소한 보통학교는 나와야 쓸 텐데 분원마을에 그런 색시라곤 없으니, 이 노인의 궁리론 말을 붙여 볼 만한 데가 없었다. 하기야 혼처를 구하는 데 지체요 가문이요 따질 처지가 못 되는 사기장이의 주제이긴 해도, 자식이 자수성가한 이 마당에 기왕이면 뼈다귀가 있는 집안을 고르고 싶은 이 노인이었다.

"일본말을 몰라 가지고는 제 사업을 도울 수가 없거든요."

"사업을 돕는다니?"

"일인들의 교제란 안사람들 왕래가 심합니다. 가족끼리 친해져야 일이 되니까요."

"아예 일본 여자를 얻으려무나."

"그래서야 되겠습니까. 부모님도 모셔야 하고……."

본시 누구에게나 아기자기한 맛을 풍길 줄 모르던 아들이긴 했지만 눈썹 하나 까딱하지 않고 이런 말을 하게 될 만큼 성미가 변할 줄이야, 모두가 이 노인 짐작 밖의 일이었다. 겉보기에 교만스런 티를 내는 것은 아니고, 속으로 사람이 차진 것이다. 그것이 아들의 장래를 위해 좋은 징존지 아닌지, 이 노인은 알 수 없었다. 타케야마를 비롯한 일인들에게 탓을 돌리기엔 아들의 성공이 너무나 대견스러웠고, 또 그만한 젊은 또래답지 않게 방탕한 생활은 없어 보였다.

사실 장가를 서둘러야겠다는 창길이의 작심이란 어엿한 신사 대접을 받고 싶은 욕심에서였지, 그밖에 무슨 절실한 필요가 있는 까닭은 아니었다. 계집의 몸뚱이보다 형형색색의 사기그릇이 노상 눈앞에 어른거렸다. 무덤 속에서 파낸 분청 두 개가 거금 백 원으로 돌아온 조화가 이 넓은 조선천지 아무에게나 주어진 천복(天福)일 수는 없었다.

백 원이란 액수는 타케야마의 대범한 호의만을 뜻하지는 않았다. 지금 시세론 최소 한두 곱 이상의 값어치가 있다고 보아야 한다. 그러나 같은 물건을 경성의 딴 골동상에 가져가서 백 원을 훨씬 넘겨 받기는 일단 어렵다고 보아야 한다. 같은 값이면 자기에게 넘길 수밖에 없는 교묘한 계산이 그 금액 속에 도사려 있는 것이다.

거꾸로 말하면, 그만큼 타케야마 선생은 경우가 밝고 관용스러운 셈이다. 아랫사람에게 배반을 당하지 않으려면 합당한 잇속을 차릴 수 있게 만들어 줘야 한다는 그런 관용 말이다.

하지만 그런 계산 속에도 허점이 없으란 법은 없다. 호리꾼들한테서 산 물건을 몰래 수장하고 있으면 타케야마 선생인들 강제로 뺏어 가지는 못할 것이 아닌가.

집들이를 하고 세간도 사들이고 해서 제법 사는 모양을 갖추게 되자, 창길이는 계룡산으로 내려가서 대추나뭇골부터 찾았다. 혼자서는 도저히 감당할 수가 없을 것 같아 김 서방을 불러내어 동행했다.

이틀 밤을 세워 무덤 다섯을 모조리 뚫었으나, 분청 그릇은 하나밖에 나오지 않았다. 그 분청 항아리도 전번 것에 대면 살

갖이 탁하고 반쯤 무늬가 벗겨져 있었다.

도무지 알다가도 모를 일이었다. 그놈의 그릇들이 별안간 둔갑을 쳤단 말인가. 아니면 딴 호리꾼이 벌써 손을 댔단 말인가. 하지만 그런 흔적은 없었다. 나머지 무덤 속에도 똑같은 보물이 들어 있으리라고 철석같이 믿었던 어리석음이 결국 허탕을 치게 했을 뿐이었다.

올따라 첫 추위가 일찍 닥쳐온 셈인지 계속 산속을 쏘다니기엔 무리한 날씨이기도 했다. 땅이 어는 겨울철엔 호리도 쉬게 마련이다.

그런대로 김 서방이 내놓은 것 중에는 괜찮은 철사(鐵砂)가 두 점 섞여 있었다. 선금을 약간씩 뿌려 놓은 다른 호리꾼들 집도 한 바퀴 둘러 보았지만, 그 금덩이 같은 '계룡산'과 맞먹지는 못했다. 하긴 '계룡산'만이 도자기는 아니다. 이런 고장에서 쏟아져 나오는 조선 초기 것 가운데는 제아무리 멀쑥하게 빠진 분원 갑번이라 할지라도 감히 넘보지 못할 높은 품격의 일품이 드물지 않을 것이다.

물건을 고르고 비교하며 흥정해서 셈을 치르곤 하는 호리꾼들과의 수작을 통해 창길이는 차츰 자기 나름으로의 안목을 길렀다. 눈에 띄지도 않던 것이 유별나게 돋보이는 수가 있었고, 구미에 당기던 부류가 싫어지기도 했다.

그럭저럭 트렁크 두 개를 가득 채워서 경성으로 돌아왔다. 인력거로 곧장 타케야마 댁을 방문했으나 주인은 일본으로 여행 중이었다. 대신 두어 달째 못 본 요시다와 마주쳤다.

"선생께 대강 말씀을 들었네. 자네를 다시 봐야겠어."

요시다의 태도는 별스레 느물느물했다. 묻지도 않은 동경 소식을 한참 늘어놓더니,

"이 군, 한 가지 상의할 일이 있어. 여기서는 좀 곤란하고, 우리 나가서 한잔하면서 얘기하세."

뭔가 심상치 않은 사연이 있음 직한 눈치로 말했다. 요시다에게 약점을 잡힌 것은 아니지만 더 이상 감정을 상하게 할 까닭도 없다 싶어 피곤을 참고 따라나섰다.

몇 차례 동경을 왕래하는 동안 요시다도 재미를 본 모양인지 새로 맞춘 양복 감이 제법 고급이었다. 카페라는 데에 끌고 가더니 양주 한 잔을 시키고 여급들을 쫓고 나서,

"자네하고 나 사이 아닌가. 아주 탁 터놓고 말하지. 호리꾼 조직은 사실상 자네가 쥐고 있는 셈이야. 타케야마 선생께 의리를 지키는 것은 훌륭하지만, 자네도 실속을 좀 차려야 할 게 아닌가?"

요시다는 그럴 수 없이 진지한 낯으로 말했다.

"실속을 차리다니요?"

"나하고 동업을 하자는 말이지."

역시 창길이의 육감이 옳았다.

요시다는 거푸 두 잔을 들이켜고 나서 말을 이었다.

"나도 물론 타케야마 선생껜 신세를 지고 있네. 하지만 자네나 나나 그만큼 보답을 했으면 됐지, 평생 선생한테 매달려서 살 수야 있나."

그러면서 자기가 동경의 몇몇 골동상과 선을 대고 있으니, 구태여 타케야마 선생을 거치지 않더라도 얼마든지 물건을 처분할 수가 있다고 했다. 말하자면 둘이 함께 분가를 해서 한판 차려 보자는 얘기였다.

"요시다 상도 아시다시피 내가 호리꾼 몇을 데리고 있는 건 사실이지만, 어떻게 타케야마 선생을 배반하고 직접 요시다 상하고 거래할 수가 있겠소. 그리고 내 알기엔 타케야마 선생은 장삿속으로만 그릇을 사들이고 있는 건 아니지요."

"하하, 자네는 나를 못미더워하는군. 타케야마 선생하고 나카노 씨가 동업하고 있는 수수께끼를 모르는 소리야."

이따금씩 눈이 번쩍 틔는 물건을 잡기 위해선 돈을 아껴서는 안 되는 법이다. 나카노 씨가 타케야마 선생한테 돈을 대는 것도 길게 보면 물건을 헐하게 사들이는 셈일 것이다. 평소 이런 정도의 짐작밖에 못 한 창길이에겐 요시다의 설명이 약간 놀랍고 신기했다.

"나카노 씨는 거물급 상대야. 점방에 내다 파는 건 송사리 상대고 아무아무 수장가들을 찾아가서 승부를 하는 건데, 그러자면 골동상의 손때가 묻은 건 재미가 적고 조선서 갓 나온 '호리다시모노'라야 된다 이 말이야. 아는 사람은 다 아는 일이지만 은연중 조선의 호리다시모노란 보증을 서는 사람이 타케야마 선생이지. 아니, 뭐라고 할까. 타케야마 선생이 골동의 권위자로 유명한 건 아니지만 선생하고 동업하고 있다는 사실이 곧 호리다시모노의 가능성을 보증한다 이 말이야."

"싸게 살 수 있어야 호리다시모노라고 할 수 있을 텐데?"

"그 점이 나카노 씨의 수완이지. 나카노란 이름이 값을 매기는 걸세."

"일정한 시세가 없다는 말씀이요?"

"조선자기의 묘미가 바로 그런 데 있다고 볼 수 있다네."

요시다의 말을 곧이듣는다면 골동에 있어서도 동경은 별천지가 아닐 수 없었다.

"나야 물론 나카노 씨만 한 관록이 없으니까 개시부터 거물급을 노릴 순 없고 중간치들과 상대를 해야 하지만, 타케야마 선생의 심부름 하는 것보다는 몇 배 나을 걸세."

이때 창길이는 타케야마 선생이 요시다로 하여금 자기의 마음속을 떠보게 한 함정 같은 것이 아닌가 싶은 의심이 들었다. 그러나 타케야마 선생이 과연 그런 속임수를 쓸 필요가 있겠는지, 그것도 의문이었다. 가령 요시다와 한패가 된다손 치더라도 타케야마 선생으로선 말릴 재간이 없는 것이 이런 일에 어울리고 있는 사람과 사람과의 관계이기도 했다.

"말씀은 고맙지만, 난 타케야마 선생의 은혜를 저버릴 수는 없소. 내 요시다 상의 말은 듣지 않은 걸로 해 두지요."

창길이는 조용히 그러나 분명하게 말했다.

요시다의 엉뚱한 유혹을 거절한 것은 타케야마 선생에 대한 의리 때문만은 아니다. 또 요시다를 신용 안 해서도 아니다. 그릇을 돈으로밖에 보지 않는 요시다이지만, 타케야마 선생은 그렇지가 않다. 그릇을 정말 애지중지한다. 그 다음이 돈이다. 그릇의 아름다움과 돈의 마력을 한꺼번에 취하자는 것이어서, 욕심치고는 그 이상 갈 것이 없다. 그래야만 된다고 창길이는 생각했다. 그만큼 그릇을 보는 눈이 차츰 트게 됐다고 할까.

골동깨나 한다는 사람들이 그릇을 놓고 평할 때 으레 주고받는 상투어쯤은 창길이도 얼마든지 읊조릴 수가 있다. *고대가 안정되어 있다, 유약의 빛깔이 온화하게 풀렸다, 어깨의 곡선이 부드럽다, 아랫도리가 빈약하다, 형태가 힘차다 등등 해서 칭찬을 하건 험담을 하건 말에 부족은 없었다.

그러나 그릇을 대하면, 그처럼 하나하나 뜯어보기 전에 몸뚱이 전체로써 와 닿는 어떤 느낌이 있다. 사람에 대면 첫인상과 비슷하다. 다만 사람은 옷치장을 하며 스스로 표정을 꾸밀 줄 알지만, 그릇은 있는 벌거숭이 그대로이며 가면을 쓸 줄 모른다 뿐이다.

조선의 그릇은 그걸 빚은 도공부터가 가면을 씌우려고 하지 않았다. 잘 보이려고 만들지를 않는 것이다. 일본의 그릇은 만든 사람의 이름을 존중한다. 그릇에 사인을 넣는다. 조선 도공은 그럴 필요도 자격도 없었다. 남의 눈을 의식해서 꾸민 것이 아니고, 사기장이의 고달픈 삶이 숙명처럼 맺힌 자신의 순박한 눈과 솜씨만을 믿었다. 만든 사람은 조선인 전부이지, 어느 하나의 도공이 아닌 것이다. 이런 소리를 늘어놓을 때 타케야마 선생의 표정은 결코 장사꾼들의 그것이 아니었다.

창길이로서는 쇠귀에 경 읽기 같은 대목도 많았지만, 요즘엔 어렴풋이 대강의 뜻을 이해하게 되었다. 그리고 그런 변화가, 창길이를 타케야마 곁에 묶어 두는 쇠사슬 같은 것인지도 모를 일이었다.

혼담도 결국 타케야마 선생의 신세를 지게 되었다. 분원 마을에서 합당한 상대를 고를 수도 없고, 그렇다고 시골에 있는 호리꾼들한테 중매를 부탁해 놓을 수도 없는 노릇이라 자연히 타케야마 선생의 중매로 해결이 된 것이다.

일인 개인 회사에서 일하고 있는 토박이 서울 사람의 둘째 딸이었는데, 타케야마 선생과 그 회사 사장이 가까운 사이인 것으로 대충 혼담의 경위를 짐작할 수가 있었다.

격식대로 맞선을 보았지만, 진작에 차려 놓은 상이나 다름이 없었다. 타케야마 선생은 만사를 자기한테 맡겨 두라고 했었고,

또 장인 될 사람도 상전의 권고를 물리칠 수 없는 처지인 모양이었다. 그 사장 댁엔 창길이도 골동 심부름으로 두어 번 출입한 일이 있었다.

무척 영리해 보이는 여자였으나 몸이 가늘고 혈색이 좋지 못했다. 하지만 보통학교도 못 나온 창길이로서는 무엇으로 보거나 과한 혼처가 아닐 수 없었다.

이듬해 오월에 혼인식을 올렸다. 타케야마 선생은 자기 집에서 일본식으로 간단하게 치르자고 했지만, 이 노인이 그것만은 사양하겠다고 반대하는 통에 구식을 좇았다. 그러니까 창길이가 분원마을을 떠난 지 햇수로 삼 년 만에 문자 그대로 자수성가한 셈이었다.

이 노인은 아들 내외를 앉혀 놓고 말했다.

"우리 집은 하잘것없는 일개 사기장이 집안이다. 아니다. 애비 대까지는 그랬지만 이젠 아니다. 너는 사기장이 되기가 싫어서 경성으로 왔고 또 이렇게 자리를 잡았지만, 사기장이의 아들이라는 것을 창피하게 생각해서는 안 된다. 너도 우리 집 식구가 된 이상 마찬가지가 아니겠느냐?"

이 노인은 며느리에게 눈길을 돌리고 말을 이었다.

"네 남편의 핏속엔 사기장이의 피가 흐르고 있다. 너도 사기 그릇을 소중하게 알아야 한다."

다시 아들을 향해 말했다.

"분원 사기장이도 이젠 대가 끊어졌다. 그걸 만들 사람은 아무도 없다. 조선 천지에 분원 그릇 만들 몸이 하나도 없다니!"

그러고는 말이 막혔다. 슬픔과 기쁨이 뒤범벅이 돼서 이 노인의 목을 메게 한 것일까.

"아버지, 그렇지가 않습니다. 분원 그릇보다 더 좋은 그릇이 자꾸만 나오고 있어요. 가마에서 구워 나오는 것은 아니지만, 땅속에서 말입니다. 지금까지 우습게 여겼던 그릇이 값어치가 있다는 것을 차차 알게 됐으니까요. 사기장이가 싫어서가 아니에요. 그리고 돈 벌 욕심만은 아닙니다. 우리 조상들이 남긴 그릇을 일본 사람들한테 모조리 뺏기지는 말아야지요."

창길이는 자신에게 타이르듯 중얼거리고 있었다. 그러면서 자신의 그런 지각에 취해 있었다. 남의 묘를 파헤치는 죄책감과 일본 사람 좋은 일만 도맡고 있는 자책감 같은 것을 그런 취기 속에 녹여 버리고 싶었을지도 모른다.

"아무쪼록 그래야 한다. 같은 값이면 조선 사람끼리 거래를 해야지, 동경으로 몽땅 가져가서야 되겠느냐?"

입버릇처럼 되풀이해 온 말이 나오자 창길이는 웃으며 대답했다.

"제값에 사 줘야 말이지요."

골동품이란 물이 낮은 데로 흘러가는 것과 똑같은 이치로 움직이기 마련이다. 지남철에 끌리는 쇠붙이처럼 돈에 쏠리게 되어 있다. 그러니까 돈부터 쌓아 놓고 봐야 한다는 소리도 나오는 것이다. 동경으로 흘러가지 못하게 하자면 경성에도 큼직한 지남철이 몇 개쯤 있어야 한다.

창길이의 꿈은 그런 차력을 스스로 기르는 일이었다. 그런 점에서 조선그릇 다루기란 고려자기보다 훨씬 수월하고도 어렵다. 고려자기는 시세가 거의 일정하지만 조선백자의 경우는 보는 사람의 안목에 따라서 금값이 될 수도, 질그릇 값이 될 수도 있다. 타케야마 선생이 노리고 있는 표적도 실상은 그런 허점일 것이고, 이제 창길이도 그것을 실감하게 되었다.

1935년 봄의 어느 날, 미츠코시 백화점에서 도자기 경매회가 열렸다. 타케야마 노인이 회장 안에 들어서자 한구석에서 요시다가 튀어나오며 반갑게 인사를 청했다. 벌써 사오 년 왕래가 없는 사이였다. 본정통 한복판에 골동상을 차리고 있는 요시다는 동경의 나카노와 손을 잡고 그간 톡톡히 재미를 보아 왔다.

"이 군은 여전합니까?"

그동안 너무 격조해서 송구하다는 인사치레를 끝내자, 요시다는 대뜸 이렇게 물었다.

"요샌 조선인도 조선기를 많이 찾습니다. 타케야마 선생의 선견지명에 경의를 표합니다요."

"당연한 얘기 아닌가."

타케야마로서는 조선 사람들이 저희 물건을 찾게 된 것이 뭐가 신기하겠느냐는 뜻으로 지껄인 것이지만, 요시다는 달리 알아들은 모양인지 좀 빈정거리듯 웃으며 말했다.

"타케야마 선생은 장사꾼이 못 되시니까요."

하지만 이젠 당신보다 못할 게 없고, 세상 부러운 줄 모르게 됐다는 그런 수작이었다.

"실없는 소리 말아!"

타케야마는 더 상대하고 싶지가 않아 빈자리를 골라서 앉았다. 도록을 뒤지니까 이창길의 이름이 붙은 것이 석 점, 그중 두 점은 기억이 났으나 철사 중항아리 하나는 처음 보는 것이었다.

경매에 앞서서 대개 사나흘 실물을 전시한다. 그걸 구경 못 했으니 사진만 보고 속단하기는 어렵지만, 좀처럼 구할 수 없는 일품임엔 틀림이 없었다.

웬일인지 이창길의 모습은 보이지 않았다. 경매가 시작됐으나 타케야마는 별 흥미가 없었다. 애당초 경매장 단골이 아니었다. 하긴 이런 행사도 만주사변 후의 전쟁 경기로 돈푼깨나 만지게 된 치들을 낚으려고 몇몇 골동상들이 벌이기 시작한 *야바위판이었다.

고려자기는 여전히 비싸고, 조선기는 그 몇 분의 일도 못 되지만, 십 년 전과 비교하면 대단한 시세였다.

경매는 순서대로 진행되어 마침내 이창길이 출품한 철사가 등장했다. 오십 원부터 값이 뛰기 시작했다. 서너 명 경합이 붙었지만 백 원을 넘어서자 두 명만 남았다.

"일백삼십 원."

"일백삼십일 원."

"일백오십 원."

"일백오십일 원."

한쪽이 이처럼 바싹 꽁무니에 따라붙었다. 점찍어 놓은 물건을 손에 넣으려고 할 경우 이렇게 추격하는 수가 흔히 있는 것이지만, 남에게 지지 않으려는 심리에 들떠서 무한정 쫓아가다 보면 터무니없는 바가지를 쓰게 되기 일쑤라, 내심 최후의 방어선을 쳐 두고 있어야 하는 법이다.

호랑이를 그린 철사는 발색이 선명하여 여간 희한스러운 물건이 아니지만, 그런 종류의 시세로 봐서 삼백 원이 고작이다 싶었는데, 열띤 경쟁이 장내를 휘어잡고 있었다.

손님들의 시선은 자연히 응찰자 두 사람에게 쏠렸다. 집요하게 매달리는 쪽은 촌티가 나는 허술한 양복 차림의 중년 사내였다.

오백 원 선을 넘자, 이구석 저구석에서 탄성이 새어 나오고 장내가 술렁거리기 시작했다. 그만한 값이면 차라리 상감이 제대로 박힌 고려청자 편을 택할 노릇이지, 어느 돈 많은 미친놈들이 저렇게 정신을 못 차리나 싶었을 것이다.

금액을 외치는 일본말 발음을 비교하지 않더라도, 하나는 일인이고 시골 신사는 조선 사람임이 분명했다. 이번 판 말고도 두어 점 이미 낙찰을 시켰던 그 일인은 동경 근처에서 원정 온 수장가처럼 여겨졌지만, 도무지 정체를 건잡을 수 없는 상대편이었다.

칠백 원에서 일 원을 더 얹자 마침내 승부가 나고 말았다. 일인이 나가떨어진 것이다. 낙찰자는 그다지 흥분하는 빛도 없이 사무직원한테 가서 수속을 마치더니 이내 밖으로 나가 버렸다.

몇 푼 안 되는 것이라면 현장에서 지불하고 맞바꾸어 가는 수도 있으나, 대개 며칠간의 여유를 두고 약속어음 같은 것을 떼주는 것이 관례이다.

타케야마가 끝까지 경매장을 떠나지 않은 것은 그 물건에 대한 어쩔 수 없는 호기심 때문이었다. 그토록 조선철사에 환장한 사람이 과연 누구인가도 궁금해서 못 배길 일이었다.

경매가 파하자 타케야마는 주최 측에 부탁해서 문제의 실물을 자세히 살펴볼 수가 있었다.

마침 밖은 저녁놀이 물들고 있었고 강한 *잔광이 창 안으로 쏟아지고 있었다. 오동나무 상자를 창가에 내다 놓고 그 위에 항아리를 얹어 놓았다.

두어 걸음 다가서면서 타케야마는 숨이 꽉 막혔다. 자주색 속에 붉은 생기가 도는 철사의 빛깔이며, *회백이긴 하지만 지방가마답지 않게 살갗이 풀린 것, 더구나 어깨 언저리에서 아랫도리로 흐르는 선의 균형이며, 나무랄 데 하나 없는 걸작이었다. 애들의 장난처럼 호랑이를 대담하게 그린 필치에도 분원 그릇의 산수화 따위에서는 도저히 볼 수 없는 천연스런 아름다움이 넘쳐 흐르고 있었다.

"음!"

타케야마는 신음 소리를 냈다. 이걸 자기 것으로 만들지 않고서는 조선그릇에 반평생을 바쳐 온 자부심이 여지없이 깨져 버릴 것만 같았다.

낙찰자의 이름을 알아보았더니 '김문태'라고 적혀 있었고, 연락처는 광교 근처의 여관이라고 했다.

그길로 타케야마는 이창길 댁을 찾아갔다. 연전 체부동에 한옥을 신축하여 제법 볏백이나 하는 시골지주의 서울 저택 같은 허우대였다. 이창길은 외출 중이었고, 부인이 나와서 공손하게 안내해 주며 중학에 다니는 장남을 불러 내 인사를 시켰다.

"너도 어른이 되면 아버지처럼 도자기 전문가가 되고 싶으냐?"

"잘 모르겠습니다."

역시 어딘가 아버지의 옛 모습을 닮은 것 같았다.

한 시간쯤 기다리고 있으니까 이창길이가 돌아왔다. 중년 살이 올라 제법 관록이 붙은 몸집이었다.

"타케야마 선생께서 웬일로?"

했으나 싱글싱글 웃는 품이 미리 짐작했던 대로라는 얼굴이다.

"그런 물건을 한 번도 보여 주지 않았다니, 사람이 그럴 수가 있나. 어디서 입수한 건가?"

이제 주종의 관계라고는 볼 수 없어도, 좀 색다른 그릇이 나오면 먼저 타케야마에게 선을 보인 다음 처분하곤 했다.

"호랑이 철사 항아리는 제 물건이 아니었지요. 오늘 경매서 제가 산 겁니다."

엉뚱한 대답이었다.

"모르겠는걸."

자기가 내놓은 것을 자기가 낙찰시켜 도로 가져가는 수는 얼마든지 있지만, 이건 그 반대가 아닌가?

이창길이는 인삼차를 권하면서 다시 웃었다.

"타케야마 선생께서는 아마 낙찰자를 조사해 보셨을 겁니다. 김문태란 사람은 본래 호리를 하던 사람이지요."

"못 보던 사람이던데?"

이창길과 선을 대고 있는 호리꾼이라면 서너 명 알고 있는 타케야마였다.

"그러실 겁니다. 호리꾼답지 않게 고시직한 사람으로, 간혹 경성에 올라오긴 합니다만 저희 집만 다녀가지요. 십오 년간을 그래 왔어요. 지금은 논밭도 몇 마지기 장만해서 호리는 잘 안 하지만……."

"십오 년간?"

타케야마와 이창길과의 연분과 꼭 맞먹는 햇수이다.

"요즘 세상에 드문 일이군."

"저로서는 다른 골동상한테 가는 것보다 한 푼이라도 비싸게 사 줬습니다. 그래 봐야 대단한 물건은 한 번도 가져온 일이 없었지만요. 그러다가 십오 년 만에 팔자를 고친 겁니다."

"김문태가?"

"물론 그렇지요."

"왜 자네가 잡아 두지 않았어? 경매에 내놓을 필요가 없었을 텐데?"

이창길은 어떻게 설명을 해야 좋을지 잠깐 궁리하는 듯하더니,

"그 사람은 의리에 보답을 하려고 한 셈입니다."

이렇게 말문을 열었다.

김문태가 처음 그 항아리를 보였을 때, 이창길은 돈 백 원만 주면 넉넉하리라고 생각했다. 그 정도가 카이다시의 시세라고 짐작했기 때문이다. 그러나 예사 물건이 아닌 것만은 김문태도 잘 알고 있을 것이어서, 내심 얼마쯤 바라고 있는 건지 종잡을 도리가 없더라는 것이다.

그러나 이창길의 말귀엔 어떤 후회와 아쉬움이 담겨져 있었다. 이젠 돈보다도 그릇 자체에 미쳐 버린 것이다. 그래서 타케야마에게 속절없이 넘겨 버린 물건을 아쉬워하고 있는 눈치였다.

"자네 생각이 변하기를 기다려야겠군. 하지만 그놈의 '호랑이' 만은 자네가 임시 보관하고 있는 걸로 해 두세."

타케야마는 더 이상 졸라 대지 않았다. 우선은 깨끗이 단념한 듯이 보였지만, 보관 운운하는 소리는 보통 농담이 아닐 것이었다.

타케야마가 돌아가자 이창길은 관철동 여관에 전화를 걸어

김문태를 불러 냈다. 김문태는 아홉 시가 넘어서 술기운이 도는 낯으로 찾아왔다.

"오늘은 썩 잘했네. 언제 그렇게 입찰하는 요령을 익혔나?"

"선상님도. 아, 선상님이 가르쳐 주신 대로 안 했습니까."

김문태가 경매 측에 맡겨 놓고 나온 어음은 물론 이창길이가 준 것이고, 잔금도 일단 김문태에게 전해 준 다음 수삼 일 안으로 현물과 교환하면 된다. 그러면 이창길이는 주최 측에 가서 수수료를 제한 나머지 대금을 받고, 다시 김문태에게 지불하는 것으로 거래가 끝난다. *꾀까다로운 거래지만, 이창길로선 이를 데 없이 기분이 좋았다.

"혹시 타케야마라고 하는 일본 노인이 자네 여관에 나타날지도 모르네. 그 물건에 관한 얘기를 묻거든 호리해서 나왔다고 고지식하게 말할 건 없고, 농가에서 우연히 나온 거라고 해 두게."

"그럽지요."

이창길의 생각에는 타케야마가 그냥 잠자코 물러설 것 같지가 않았다. 창길은 근래 총독부에서 도굴을 단속하도록 지시한 사실을 알고 있었다. 설마 타케야마가 앙심을 품고 경찰을 시켜 성가시게 만들 리는 만무하겠지만, 골동에 실성한 사람의 일이란 알 수가 없는 것이기도 하다.

하기야 타케야마의 저택 깊숙이 수장되어 있는 태반의 물건도 호리꾼을 거친 것이 아닌가. 제 발이 저린 터에 남의 뒷구멍을 쑤시고 다닐 엄두는 내지 못할 거라고 생각하면서도, 한편으론 호랑이 항아리에 대한 타케야마의 집념이 뭔가 뒤숭숭한 느낌을 주었다.

항아리를 현금으로 맞바꾸고 김문태를 돌려보낸 다음 날 아침결이었다. 점포의 문을 열고 신문을 펴 들고 앉았는데 낯선 일인 손님이 들어섰다. 그 손님은 잠시 허리를 굽히고 진열창 안을 들여다보고 있더니 먼저 인사를 청해 왔다.

"동경에 사는 와타나베라고 합니다."

이창길과 비슷한 나이인데 정중한 말씨에 우선 호감이 갔다. 대뜸 김문태와 경합했던 신사임을 알 수 있었다. 혹시 며칠 전 경매 때 참가하신 일이 없느냐고 묻자,

"용케 보셨습니다. 실은……."

한바탕 웃고 나서 호랑이 항아리가 잊혀지지가 않고, 또 그걸 대금 칠백 원이나 걸고 차지한 사람이 하도 궁금해서 이렇게 들렀노라고 했다.

"선생님은 장사하는 분이 아니시군요."

"장사는 안 합니다. 그저 좋아해서 쫓아다니긴 합니다만 원체 재력이 달려서 감질만 내지요."

이창길은 의자를 권하고 일본 차를 대접했다.

"겸손의 말씀이십니다."

상당한 재산가가 아니고서야 경성까지 원정하면서 경매장에

드나들 리가 없을 것이고, 또 조선기의 진가를 모른다면 그 항아리 때문에 여기까지 찾아올 턱도 없었다.

이창길은 초면의 와타나베에게 수장품을 보여 주고 싶은 마음이 들었다. 눈에 띄는 장소에 놓여 있는 물건은 대개 하치에 속한다는 것이 귀중품을 다루는 점포의 상식이다. 좀더 나은 것은 딴 방에 숨겨 두고 있다가 손님에 따라 선을 보이는 적도 있고 아예 상대를 안 하는 경우도 있다.

정말 진짜로 자랑할 만한 것은 점포에 옮겨 놓지도 않는다. 그러니까 이처럼 세 층으로 나눠서 손님을 대하는 것이지만, 바가지를 씌우거나 가짜를 속여 팔기 위해서 대단한 진품인 양 일부러 집에다 모셔 두는 수도 있다.

뻔히 알면서도 가짜를 진짜로 속여서 팔아먹은 일은 없는 이창길이었지만, 바가지를 씌운 일은 한두 번이 아니다. 별반 아는 것도 없으면서 나대는 손님한테는 그런 유혹이 생기기 쉽다. 그런데 와타나베에겐 장사꾼과 손님의 사이라기보다 뭔가 취미가 상통하고 동호의 우정이 우러나는 것이어서,

"시간이 계시다면 저희 집으로 한번 행차하시지요."

그럭저럭 시간 남짓 잡담을 늘어놓은 끝에 넌지시 말했다.

"고맙소이다. 지장이 없으시다면 지금이라도 좋지요."

와타나베의 *허발하는 대꾸였다. 점원에게 가게를 맡기고 와타나베와 함께 거리로 나섰다. 걸어서 삼십 분 정도밖에 걸리지

않는 거리이다.

"경성에 자주 들르셨나요?"

"두 번째올시다. 한데 타케야마라고 하는 수장가를 아십니까?"

와타나베가 불쑥 물었다.

"알다마다요. 선생께선 어떻게 아십니까?"

"동경서도 유명한 분이지요. 그분 수장이 굉장하다더군요."

이창길은 잠자코 있었다. 타케야마의 수장품이라면 하나에서 열까지 속속들이 알고 있노라고 할 수도 있었다. 하지만 착잡한 회포 속에 까닭 모를 심술기가 돋아 알은체를 하고 싶지가 않았다.

"타케야마 씨의 수장품은 비밀이지요. 아무도 정확한 내용을 모르니까요."

이창길은 이처럼 엉뚱한 소리를 했다.

"대단한 모양이군요."

"그러나 실망하실 건 없습니다. 타케야마 씨에 대면 우리 같은 사람은 아무것도 아니지만 그런대로 눈요기는 되실 겁니다."

이창길은 타케야마에 대한 자신의 감정이 일종의 시기와 질투라는 것을 깨닫고 있었다. 천만에, 그것만일 수는 없다. 이십 년간 남 좋은 일만 했다는 뉘우침이 돌이키지 못할 실수처럼 씁쓸하게 치밀었다. 타케야마의 소장이 동경서 어떻게 소문난지는 모르지만, 아무래도 이창길조차 구경 못 한 노른자위가 따로 감추어져 있다고 봐야 할 것이었다.

집으로 도착해서 정식으로 명함을 교환했다.

와타나베도 역시 차완을 좋아하다 보니, 조선그릇에 대한 관심이 넓어지고 차츰 돈을 들이게 되었다고 한다. 자기 집은 대대로 포목상을 경영하여 동경과 오사카 등지에 점포를 갖고 있지만, 장사는 지배인한테 일임하다시피 하고 조선의 도자기에 이 모양으로 미쳐 돌아간다고 하면서 웃었다.

"와타나베 상! 초면에 저희 누추한 집으로 모시는 건 장삿속이 아니올시다. 그런 만큼 값을 묻지는 마십시오."

이창길은 벽장 문을 열면서 말했다.

포도 문양의 진사(辰砂) 항아리, 사각창 밖에 매화가 두 송이 피어 있는 팔모 술병 '계룡산' 넉 점, 초기 차완 여남은 점을 한꺼번에 방 안 가득히 늘어 놓았다.

웬만하면 이런 식으로 헤프게 굴지는 않는다. 한데 이창길의 속맘엔 와타나베를 놀라자빠지게 만들고 싶은 희롱기가 꿈틀거리고 있었던 모양이다.

그 속엔 이 노인 최후의 작품이 석 점 섞여 있었다. 밑바닥에 '천(天) 자'가 적힌 대접이었다. 수장한 사람의 눈독이 오른 탓인지는 몰라도 이십 년이란 짧은 세월답지 않게 꽤 연대가 들어 보였다. 이걸 식별해 낸다면 상당한 안목이다. 와타나베의 눈치를 살피고 있자니까,

"조선의 그릇은 묘하군요. 이처럼 몰아 놓고 봐도 전체로 하

나의 조화를 이루거든. 큰 놈이 작은 놈을 무시하지도 않고, 또 잘난 체하지도 않고……."

첫눈의 감상을 털어놓고 나서, 한 가지 한 가지 두 손으로 어루만지듯 음미하기 시작했다.

천 자 대접의 차례가 되자,

"앗!"

탄성을 내지르며 이창길이를 마주 보았다.

"왜 그러십니까?"

"이상한 일인데. 한 사오 년 전 경매장에 나왔던 물건과 똑같아요. 틀림이 없습니다. 분원지 후기라는 감정이었지만, 원체 희한한 물건이라 어마어마한 값으로 낙찰됐었지요."

"출품한 사람의 이름을 아십니까?"

"그건 기억에 없어요."

이십 년 전, 같은 대접 서너 점이 타케야마를 통해 나카노에게 흘러간 사실이 생생하게 떠올랐다. 분원 유일의 도공이 만든 것이므로 가짜라고는 할 수 없어도, 연대를 속였다면 사기요 속임수가 아닐 수 없다. 타케야마 선생은 그럴 사람이 아니겠고, 나카노가 장난을 했을 가능성이 컸다.

"그래, 와타나베 상은 어떻게 보십니까?"

와타나베는 이모저모 대접을 고쳐 보고 나서 말했다.

"정직하게 말해 잘 모르겠군요. 그러나 이만한 물건이면 굳이 연대를 따질 필요가 있겠습니까?"

"그렇겠군요!"

이번엔 이창길이가 탄성을 토했다. 아버지 이 노인은 지금 안사랑에 누워 계시다. 와타나베를 안으로 데리고 가서 이분이 바로 천 자 차완을 만드신 분이라고 일러 준다면 어떤 얼굴을 할까…….

이창길이는 저도 모르게 흥이 났다.

"그중에서 마음에 드시는 걸로 한 점을 가지세요."

"아, 아니, 그런 뜻으로 말씀드린 것이 아니에요."

와타나베는 당황해서 손을 내저었다.

"호랑이 항아리를 그토록 알아주신 데 대한 내 조촐한 보답입니다. 나도 이 대접의 연대에 관해서는 자신이 없어요. 하지만 정말 조선그릇의 진솔이라는 것만은 보증하지요. 한 가지, 다른 사람에게 *전매하지 않는다는 조건을 약속하셔야 합니다."

이창길이의 당돌한 호의는 결국 심리의 유희와 같은 것이었다. 타케야마에 대한 앙갚음의 심사가 그렇게 시켰는지는 모를 일이다.

와타나베는 초면에 실례가 많았다고 하면서 타케야마 씨한테 자기를 소개해 줄 수 없겠느냐고 부탁했다. 조선 사람인 이창길의 수준이 이만하다면, 동경에까지 이름난 타케야마 씨의 수장이야 더 말할 나위도 없으리라고 생각했을 것이다.

"그분은 이제껏 한 번도 공개한 일이 없습니다. 하기야 멀리서 오셨으니까 혹 일부를 보여 드릴지도 모르겠습니다만."

"일부를?"

"그렇습니다. 비장품은 본 사람이 아무도 없으니까요. 하여간 연락을 취해 봐서 좋다고 하면 한번 함께 가십시다."

손님이 돌아간 뒤 이창길은 타케야마 댁에 전화를 걸었다. 와타나베와 알게 된 곡절을 얘기하면서 언제쯤 찾아가 뵙는 것이 좋겠느냐고 물었더니, 내일 오전 중에 기다리겠다고 선뜻 승낙하는 것이었다.

"이번엔 좀 이상하십니다."

"뭐가?"

"그런 손님일랑 일체 안 만나시지 않았습니까?"

그러자 타케야마는 전화통이 쨍쨍 울리도록 크게 웃고는,

"내 마음이 변했구먼."

그때 이창길의 눈앞을 스친 그림자는 역시 그 호랑이 항아리였다. 그것 때문에 이창길의 청이라면 뭣이든지 호락호락 들어줄 시늉만이라도 내려는 것이다.

다음 날, 와타나베가 묵고 있는 여관에 들러서 함께 택시를 잡아타고 삼판통으로 향했다. 응접실에 안내되어 잠시 기다렸다. 방문 옆에 애들 키만 한 *용충이 놓여 있고, 그 속엔 지팡이와 양산이 하나씩 꽂혀 있었다.

일본 옷으로 정장한 타케야마는 와타나베와 첫인사를 나누었다.

"다른 사람 아닌 이 군의 소개라 거절을 못 했지요."

"영광입니다."

두 사람 사이엔 한동안 동경 소식이 오갔다. 대개 도자기에 관한 화제였지만, 누구누구의 컬렉션이 굉장하더라고 와타나베가 말하면 타케야마는 고개를 끄덕끄덕하면서 냉소하는 빛을

감추지 않았다.

"자, 그럼 아래로 내려가실까."

이 댁 지하실을 구경한 사람은 아마 손가락으로 헤아릴 정도밖에 못 될 것이다. 사이토오 총독이 한 번 찾아가서 객실에 걸려 있던 *현판을 *휘호한 일이 타케야마의 자랑이기도 했다. 이창길 자신도 방 두 개 가운데 한쪽만 두어 차례 드나들었을 뿐이었다. 언젠가 굳게 잠긴 옆방 문을 가리키며 슬그머니 떠본 적이 있었다.

"저한테도 숨기시는 물건이라면 국보급은 되겠습니다."

"그런 건 아닐세. 우리 집안에 내려오는 고물을 이렇게 보관하고 있어. 아무것도 아닌 잡동사니들이지."

타케야마는 조금도 어색하지 않게 대꾸했었다.

전등을 켜자 박물관의 진열실보다 못할 게 없는 꾸밈새였다. 온도계와 습도계가 달려 있고 바닥에는 호사스러운 융단이 깔려 있었다.

이창길은 와타나베의 한숨어린 탄성에 약간 실망했다. 이런 정도라면 어제 집에서 보여 준 것들과 대동소이하기 때문이었다.

거의 한 시간 가량이나 걸린 끝에 와타나베가 고맙다는 인사를 하니까,

"옆방으로 가십시다."

타케야마는 이창길에게 눈길을 주며 말했다. 이걸 단순한 변

덕으로 받아들여야 할지, 무슨 꿍꿍이속이 따로 있는 셈인지 어안이벙벙했다. 동경 손님에 대한 대접이 제아무리 융숭하다기로서니, 평소 타케야마의 괴벽으로 보아 도저히 이럴 수는 없었다.

문제의 방도 똑같은 규모였지만 진열된 내용이 달랐다. 서너 점만 살펴봐도 대뜸 알 수 있는 최상급들이었다. 백자로 말하면 금사리 이전의 알짜란 알짜는 몽땅 이곳에 모여 있는 성싶었고, 철사나 진사도 조선 박물관이 무색할 지경이었다. 하기야 조선 박물관 자체가 왕실의 전래품은 거의 없고 근래 시중에서 사들인 것이 태반인 만큼, 타케야마의 소유보다 못하다 해서 조금도 이상한 일은 아니다.

한 가지 한 가지 감정하는 동안 이창길이는 차차 숨이 답답해졌다. 와타나베의 과장된 찬사 같은 건 통 귀에 들어오지도 않았다. 줄잡아 오십 점, 조선그릇의 정수를 한자리에 뭉쳐 오백년의 빛을 내뿜게 하고 있었다.

반쯤은 기억에 있는 물건들이었다. 이창길이가 직접 시골서 가져온 물건도 있었고 호리꾼한테 거저 뺏다시피 한 것도 있었다. 호리꾼들과 흥정하던 장면이 하나하나 선명하게 떠올랐다. 결국 옛적엔 장님이었던 것이다. 십 년 전만 해도 말이다. 시력의 차이는 어쩔 수가 없다. 남 좋은 일만 했다고 생각했지만 설마 이 모양으로 비참하게 패배할 줄이야, 어제까지 상상조차 못

했던 것이다.

온몸에 냉기가 엄습하고 다리가 후들후들 떨렸다. 반평생을 타케야마의 탐욕을 채워 주기 위해 미쳐 돌아간 자신이 밉고 창피했다. 제 깐에는 약게 놀았다고 여겼지만 말이다.

그때 타케야마의 부드러운 목소리가 들렸다.

"이 군, 이 중에서 아무거나 한 점 가져도 좋아."

"뭐라고 말씀하셨습니까?"

"맘대로 한 점만 골라잡으라고. 그 '호랑이'와 맞바꾸잔 말일세."

이창길이는 잠자코 있었다. 타케야마의 제의 속엔 장사꾼을 녹일 수 있는 덫이 매여 있었다. 호랑이 항아리의 시세래야 고작 칠백 원을 넘지 못한다. 이 방 안에서 비싼 것을 찾자면 기천 원짜리가 수두룩하다. 장사꾼이라면 이런 달콤한 거래에 응하지 않을 도리가 없다. 그게 바로 덫인 것이다.

"천만에!"

이창길이는 거의 반사적으로 고개를 내저었다.

"왜 그러나!"

"날 장사꾼으로 생각하지 마십시오."

"아닌가?"

두 사람의 수작이 궁금해서인지 와타나베가 다가서며,

"아, 이걸 공개 안 하시다니 죕니다. 큰 죄예요."

아첨 반 농담 반이었다.

"동경에 돌아가셔서 소문내지는 마세요. 쓸데없는 잡음이 나니까요."

타케야마는 딴전을 부리듯이 말했다. 그 어감 속에서 이창길이는 타케야마의 생각을 읽을 수가 있었다. 자기의 입버릇마따나, 평생을 바쳐 수집한 조선그릇의 진국을 이제 동경에 내다 놓고 크게 한몫 보려는 심산임이 분명했다. 와타나베에게 선뜻 비장품을 구경시킨 까닭도, 다름 아닌 동경 진출의 시간이 다가오고 있음을 뜻하는 것이리라.

하기야 그뿐만은 아닐 것이다. 이창길이로 하여금 와타나베가 경탄해 마지않는 꼬락서니를 눈으로 보게 하여, "네가 아무리 발버둥쳐 봤자, 나 따라오려면 어림도 없다." 이런 절망감을 안겨 주려는 고약한 심술도 없지 않을 듯했다. 그런 악의로 새겨듣는다면, 타케야마의 계산은 정확하게 들어맞는 셈이었다.

차라리 타케야마의 제의대로, 몇천 원짜리와 호랑이 항아리를 맞바꾸든지 팔아넘겨 버리는 것이 한결 속 편한 노릇이 아닐까도 싶었다. 하지만 그건 자기 자신을 제 손으로 내팽개치는 몰골밖엔 안 된다. 도저히 그렇게 감수할 수는 없었다.

이창길이는 평소 거래가 있는 조선인 손님들을 생각해 보았다. 한두 사람쯤은 돈을 대 줄 가망이 있어 보였지만, 그와 타케야마의 관계는 진작부터 동업자나 다름없는 한속으로 소문이나 있었다. 타케야마의 비장품을 사 주겠다고 해 본들 신용해 줄 사람이 있음 직하지가 않았다.

그 진열실 장면이 이창길의 뇌리에서 떠나지 않았고, 돈 유통할 궁리에 제대로 잠이 오지 않았다. 병상에 누워 있는 이 노인도 아들의 동정이 심상치 않다고 눈치를 챈 모양이었다.

"어려운 일이 생겼다면 이 아비한테 의논하는 것이 도리니라."

"알고 있습니다."

그러나 이치에 닿도록 자신의 심정을 설명할 재간이 없었다.

"타케야마 선생이 가진 것을 좀 처분하려고 하는데 다른 사람에게 뺏기고 싶지는 않고 해서……."

하며 어물어물 대답했다.

"그 양반 물건이라면 네 손으로 넘겨준 게 많을 것 아니냐?"

"그렇지 않은 것도 있지요."

"욕심을 채우자면 한정이 없느니라."

"분해서 견딜 수가 있어야지요."

"분하다니?"

다시 말이 막혔다.

"하는 데까지 해 보는 거지요. 아버님은 염려하실 것 없습니다."

이 장사를 계속하는 한 생활엔 걱정이 없다. 그동안 장만해 놓은 논밭과 산을 팔고 예금을 끌어 내고 하면 이삼만 원은 동원할 수가 있다. 실상 타케야마 덕분에 이만큼이라도 재력이 생긴 것은 사실이다. 임자 몫일랑 임자에게 돌려주면 된다.

며칠 뒤 타케야마 댁을 방문한 이창길이는 진열실 구경부터 청했다.

"결심이 섰나?"

"네."

"고맙네."

"오해하지 마십시오. 선생님 물건을 흥정하러 온 겁니다."

"뭐라고?"

타케야마는 진열실 안으로 들어서다 말고 깜짝 놀랐다. 타케야마는 응접 세트가 놓인 구석으로 이창길이를 끌고 갔다.

"그게 무슨 소리야? 내 것을 사겠다니."

"말하자면 일부만이라도 돌려주십사 하는 겁니다."

이창길은 눈썹 하나 까딱하지 않고 말했다.

"자네, 물건 나한테 맡겨 왔던가?"

"그런 건 아니지요. 타케야마 선생, 지금 우리는 개인끼리 대하고 있는 것이 아닙니다. 일본 사람하고 조선 사람이 얘기하고 있는 겁니다."

"건방진 수작 말아."

권력을 쥔 타케야마의 손이 가지런히 떨리고 있었다.

"조선기를 선생님 혼자서 독점하실 수는 없습니다."

"여태껏 그걸 몰랐단 말인가?"

"설마 이러실 줄이야 몰랐지요. 뭐, 까다롭게 생각하실 것 없습니다. 오십 점 중에서 열 점만 저한테 파시면 됩니다."

"농담 말아. 난 자네가 그처럼 몰상식한 사람인 줄은 몰랐네."

"안 파신다면 제게도 생각이 있습니다. 도굴 금지령이 나온 뒤의 장물이 상당수 섞여 있다는 사실을 잘 알고 있으니까요."

두 사람의 시선이 강하게 맞부딪쳤다.

"나를 협박하는 건가?"

타케야마는 의자에서 엉거주춤 일어서며 말했다.

"협박이 아니고 부탁입니다."

다시 주저앉은 타케야마는 애써 흥분을 눌렀다.

"그따위 비열한 방법을 쓴다는 것은 피차 간 이롭지 못한 일이야. 자네도 잘 생각해 보게. 내가 당하는 것이 더하겠나, 자네 당하는 것이 중하겠나?"

"형벌을 무서워한다면 이놈의 장사를 못 합니다. 잘 아시지 않습니까."

지금까지 타케야마를 대신해서 이창길 자신이 그런 위험을 도맡아 온 것이 아닌가.

"이봐, 도적놈이 되려 몽둥이를 들고 달려든다는 것이 바로 너 같은 자를 두고 하는 말이야."

타케야마는 별안간 하대로 말투를 고쳤다. 서생 노릇 할 적엔 달게 받았지만, 어른이 된 후로 이처럼 천대받은 일은 없었다.

"도적놈은 당신이요."

이창길의 떨리는 음성이 계속됐다.

"당신의 가면을 벗겨서 폭로하겠소. 그리 아시오."

"배은망덕도 유분수지!"

타케야마는 힘없이 중얼거렸다. 승부에서 패한 것을 자인하는 독백처럼 들렸다.

자리를 뜬 이창길은 진열대 앞을 왔다갔다하면서 골라잡을 물건을 물색하고 있었다.

"이 군, 자네가 이토록 환장하게 된 데는 내 책임도 없지가 않아. 좋을 대로 하게. 하지만 예의 항아리는 내게 줘야겠어."

"선생님도 어지간하십니다. 그럴 바엔 뭣 때문에 제가 이럽니까?"

영문을 모르는 사람이 봤다면 둘이는 아까까지 무슨 광대놀음의 한 토막을 연출했던 양, 싱겁게 비쳤을지도 모른다.

"안 되겠단 말인가?"

이창길은 대꾸 없이 웃었다.

"자넨 악인이야."

"선생님이 그렇게 기른 겁니다."

이창길의 웃음소리가 동굴 속처럼 으스스하게 울렸다.

타케야마가 겁을 낸 것은 물론 이창길과의 뒷거래 때문이었는데, 증거물만 없앨 수 있다면 그처럼 기막힌 공갈에 쉽사리

넘어갈 까닭이 없었다. 그 증거물을 도저히 없앨 수 없을 것이라고 이창길이가 판단했기에 감히 그런 승부를 걸어 온 것이다.

타케야마는 도무지 분하고 원통해서 견딜 수가 없었다. 조선 사람은 결국 배반하고야 만다고들 하지만, 이창길만은 반은 일본 사람으로 여기고 믿었던 것이다. 단단히 혼을 내주고 매장시켜 버려야 직성이 풀릴 것 같았다.

골똘한 궁리 끝에 생각한 것이 요시다였다. 요즈막에 위인이 건방져져서 변변히 출입도 안 하고 있지만, 이창길이와는 원체 사이가 나쁜데다 사업상의 적수이기도 하다. 일차 진맥해 볼 필요가 있었다.

타케야마는 지나는 길에 잠간 들른 듯이 요시다의 점방을 찾았다.

"이거 웬일이십니까. 저희 집엘 다 오시게."

"뭐, 잠깐 견학하려 왔네."

"선생님 눈에 드실 만한 게 있겠습니까?"

"요샌 물건이 귀해서 말이야."

그러면서 점방 안을 대충 훑어보았지만 이창길의 안목만큼도 세련되지 못한 꾸밈새였다.

"요시다, 실은 자네한테 긴하게 부탁할 일이 있어서 왔네. 이창길이에 관한 얘기야."

"무슨 문제가 생겼습니까?"

요시다는 타케야마를 별실로 안내했다.

"미츠코시 경매 때 이창길이가 내놨던 호랑이 항아리 기억하고 있나?"

"충청도 촌놈이 낙찰시켰지요."

"그게 그런 게 아니야."

타케야마는 이창길이로부터 들은 대로 대강의 곡절을 전해주었다.

"묘한 놈이로군요. 한데, 그게 어떻게 됐다는 말씀입니까?"

"조선인한테 망신을 당했어. 그것뿐이야. 수십 년간 기른 개한테 물렸어."

"대관절 왜 그러십니까?"

"조선의 도자기를 우리 일본 사람들이 모조리 빼앗아 갔다는 거야. 그래, 호랑이 항아리를 뺏기기가 싫어서 그런 엄청난 값을 부르게 했다는 거지. 가만히 생각하니까 괘씸해서 못 견디겠더란 말일세."

자기 집 진열실에서 있었던 사건은 밝히지 않고, 이창길이가 그저 일본 사람한테 적의를 품고 있다는 점만 강조했다.

"그 물건을 기어이 손에 넣을 작정이시군요."

요시다는 상대방의 생각을 알 만하다는 듯 싱긋이 웃었다.

"날 잘못 봤어. 요는 이창길이란 못된 조선놈 하나를 단단히 족쳐 놔야 우리 일본 사람의 채신이 서겠다는 걸세. 내 좀 조사해 보니 충청도 부자라는 자도 호리꾼 출신인 모양인데, 호랑이 항아리도 그런 선에서 나온 게 분명해. 이창길의 조직이란 것은 자네가 잘 알다시피 본래는 내가 시켜서 만들어 놓은 게 아닌가. 이제 와서 우리 일본인을 골탕먹이려고 한다면 그냥 내버려 둘 수가 있겠는가 말이야."

"잘 알겠습니다. 하지만 방법이 어려울 텐데요?"

"해서, 자네의 수완을 좀 빌리자는 얘기가 아닌가."

타케야마는 목소리를 낮추고 계속했다. 구미가 퍽 당기는 요시다의 눈치이기도 했다.

"대가는 충분히 내겠네."

타케야마의 음모는 요시다로 하여금 이창길이가 쥐고 있는 호리 조직을 샅샅이 뒤져 내서, 꼼짝달싹 못 할 확증을 잡은 다음 경찰에 고발하자는 것이었다.

골동 세계에서 동업자 간에 출처를 캐거나 밀고를 하는 따위의 것은 금물로 되어 있다. *장물인 줄 뻔히 알면서도 피차 다치지 않게시리 어영부영 넘어가는 것이 이를테면 상도덕에 어울리는 관습이었다.

그러나 그런 도의를 못된 조선놈에게까지 적용시킬 필요는 조금도 없다. 서로 말은 안 해도 이 대목에 관한 한 완전히 공감이 오가는 두 사람이었다.

"경찰은 내게 맡겨 두어. 그 충청도 촌놈부터 착수해 보면 실마리가 잡힐 걸세. 그리고 자네한테 섭섭치 않게 하겠네. 내 물건 중에서 몇 점 선사하지."

"그런 건 걱정 마십시오."

뱃속에 구렁이 몇 마리는 들어 있는 요시다인 만큼 타케야마의 제의를 곧이곧대로 받아들이지는 않았겠지만, 일이 어떻게 돌아가든 간에 자기에겐 결코 해롭지 않다고 계산했을 것이다.

"천상 호리꾼을 시켜서 뒤를 밟게 하는 수밖에 없겠지요."

"경비는 내가 댈 테니까 염려 말아. 호리꾼의 약점을 가장 잘 아는 것 역시 호리꾼이겠지. 필요하다면 내 형사 한 사람쯤 동원시킬 수도 있어. 연락 자주 주게."

타케야마는 요시다와 그런 음모를 꾸민 것만 해도 한결 울분이 가라앉는 것 같았다.

하긴, 이창길이를 욕뵈게 함으로써 타케야마 자신에게 무슨 이익이 돌아가는 것은 아니다. 그러나 그놈의 안목이 거추장스러운 존재가 된 것도 사실이었다. 그놈이 호리 조직을 틀어쥐고 있는 한, 내 취미에 딱 들어맞는 물건은 그놈의 농간 속에서 헤어나지를 못할 것이다. 바로 호랑이 항아리의 경우가 좋은 본보기가 아니냐……. 그놈의 눈을 그처럼 길러 준 것이 일생일대의 실수가 아닐 수 없었다.

타케야마는 먼저 이창길이를 거친 물건을 하나하나 골라 내서 짐을 꾸렸다. 동경으로 떠나기에 앞서 나카노에게 편지를 띄웠다. 조선 땅에서 오십 년을 살았고 이곳에 뼈를 묻을 생각으로 지내 왔지만, 사람이 늙으니 어쩔 수 없이 고향을 찾게 된다고 감상이 어린 회포를 늘어놓은 다음, 수집품의 일부를 남의 눈에 띄지 않게 일본으로 옮겨 놓고 싶다면서 미리 주선을 부탁하는 거라고 했다.

출발하기 전날, 타케야마는 이창길이를 불렀다.

"한 달가량 동경엘 다녀올 텐데 약속을 이행하고 떠나겠네. 내 곰곰 생각해 봤네만, 자네가 고른 물건은 원가만 받기로 했어. 지금 시세로 치자면 너무 싸서 되려 자네가 난처해할지도 모르겠네만, 자네 상대로 장사할 마음은 없으니까."

"그러시면 곤란합니다. 제가 알아서 하지요."

이창길은 주섬주섬 호주머니 속을 뒤지더니 쪽지 한 장을 펴 놓았다. 철사 난초 팔모병을 비롯해서 다섯 점. 모두가 타케야마 비장 중의 비장이었다. 타케야마는 창백한 낯으로 중얼거렸다.

"어쩌면 이렇게 고를 수가 있단 말인가."

비싼 것을 위주로 했다면 그다지 놀라지는 않았을 것이다. 너무도 자기 자신의 취향을 판에 박은 듯이 닮아 있었다.

이창길이가 고른 다섯 점도 호리 조직을 통해서 사들였던 것들이다. 그걸 몇 곱절이나 시세가 오른 지금, 원가로 반환해 주겠다는 타케야마의 끔찍한 호의였다. 아니, 이창길이의 가슴속에 호의로 받아들이려는 한 가닥 선의가 남아 있었다고 하는 편이 옳을지도 모른다. 악이건 선이건 간에 모두가 자기 자신의 척도로 남을 재기 마련인 까닭이다.

"되려 제가 송구하게 됐습니다."

"아니야, 내 맘이 후련해졌어. 부담스럽게 알지 말게."

타케야마는 그릇을 나무 상자에 넣으면서 말했다.

"이번에 동경엔 무슨 일로?"

"오랜만에 바람 좀 쐬고 오자는 거지. 돌아오면 내 기별을 할 테니까."

이창길은 타케야마가 하자는 대로 셈을 치르고 물건을 날랐다. 그것들을 방 안에 세워 놓고 앉아 있으니 흙 속에 묻히어 가던 기억들이 한 장면씩 싱싱하게 되살아났다.

조선자기 중에서 이 이상 가는 일품은 아마 조선천지 구석구석을 뒤져도 찾아보기 힘들 것이다. 저릿저릿한 희열이 온몸을 취하게 했다.

하지만 그건 아름다움에 대한 순수한 감동이 아니었다. 물욕이 채워진 만족감과 타케야마와의 개운치 못한 곡절이 중간에서 방해를 놓고 있었다. 타케야마 집에서 받았던 충격에 맞먹는 느낌이 들지 않으니까 말이다.

아무튼 타케야마와의 이번 거래는 극비로 붙여 두어야 한다. 이창길은 미츠코시 정도의 진열실을 빌려서 비장품을 공개할 때까지는 부정을 타지 말도록 해야겠다고 다져 두었다.

김문태로부터 편지 한 통이 날아든 것은 타케야마가 떠난 지 보름쯤 후의 일이었다. 단순한 문안이 아니면 또 무슨 호리다시가 생겼다는 정도의 소식이려니 했던 이창길의 안색이 별안간 굳어졌다. 공주 경찰서에 끌려가 이틀을 욕보고 나서 막 집에 돌아가기 전에 급히 몇 자 적어 보낸다는 사연이었다. 자세한 얘기는 다 할 수 없으나 금융조합에 목돈 맡긴 사실을 알고 출처를 대라고 족치기에 별수없이 자초지종을 댔다는 것이다.

대뜸 이창길의 머리에 떠오른 것은 타케야마의 온화한 웃음이었다. 그런 연상을 일으킬 만한 글귀는 한 줄도 없었지만, 아무래도 일이 심상치 않게 벌어질 것만 같은 예감이 들었다.

자초지종을 댔다니, 대관절 어디까지 불어 놨다는 얘긴지 답답하기 짝이 없는 노릇이었다. 어쩌면 호랑이 항아리로 재미를 본 김문태가 다시 호리질에 열중하기 시작했는지도 모른다. 그러다가 꼬리를 밟혔다면 나하고는 상관이 없다. 하지만 과거지사를 캐내고 또다른 호리꾼까지 손을 대게 된다면 문제는 간단치가 않다. 그렇다고 시골로 쫓아 내려갈 수도 없는 입장이라 더욱 난감했다.

김문태한테서는 다음 편지가 없었다. 이런 경우엔 무소식이 희소식일 수 없었다. 뭔가 짚이는 데가 있어서 요시다의 동정을 살펴보기도 했지만 허사였다. 만일 타케야마가 밀고를 했다면 저도 온전하지는 못할 텐데……. 공범자가 그런 터무니없는 짓은 감히 못 할 것이다.

이창길은 이처럼 자신을 달래면서도 원가만 받고 선선히 반환해 준 타케야마의 관용이 수상쩍게 느껴지기도 했다. 범 무서운 줄 모르는 하룻강아지 꼴이 되어 가는 셈일까?

십일월에 접어들고 첫추위가 닥쳐온 어느 날이었다. 느지막해서 점방에 나가 점원을 시켜 난로를 피우고 있자니까 집에서 전화가 왔다.

"야단났어요. 형사들이 온통 집 안을 뒤지고 있어요."

마누라의 떨리는 목소리였다. 택시를 불러 허겁지겁 집으로 달려가자 형사들이 사랑방에서 기다리고 있었다. 하나는 조선사람이었다. 별실 문의 열쇠를 내놓으란 첫마디였다.

"아니, 대체 무슨 일로 이러십니까?"

"수색영장이요. 나중에 발각나면 불리하게 될 테니 감추지 말고 다 내놓으시오."

조선인 형사도 일본말을 썼다. 좀 나이가 들어 뵈는 일인은 도자기를 아는 모양으로, 한 가지 한 가지 감정을 하고 나서 갈라 놓았다. 거의 두 시간이나 걸려 이백여 점을 점검한 끝에 이십 점가량 딱지를 붙이고 대장에 기록한 다음 보관증을 떼 주었다. 그러고는 전화로 자동차를 불렀다.

"호랑이 항아리라는 게 이거군."

일인 형사는 혼잣말로 씩 웃었다.

"그건 어떻게 아셨습니까?"

엉겁결에 물어 봤지만 이제 만사가 분명해졌다. 호랑이 항아리가 단서로 잡혔다면 타케야마의 흉계를 제쳐놓고 달리 의심할 여지도 없었다.

"서로 와 줘야겠소."

아들 녀석은 학교에 가고 없었지만, 건넌방에서 새어 나오는 아버지의 기침 소리가 이창길의 가슴을 더욱 죄게 했다.

"별일 없으니 걱정 마오."

애써 태연한 얼굴로 마누라에게 말했다.

종로 경찰서에 도착해서 취조가 시작되었다. 일인 형사는 자기 이름이 이즈미라고 제법 인사를 차린 다음 김문태와는 어떤 관계냐고 물었다.

"카이다시와 골동 상인과의 사이지요."

"카이다시 전문이 아니라 호리꾼이야."

하긴 그릇을 파내는 사람과 그걸 장사꾼한테 넘기는 사람으로 확연히 갈라져 있는 것은 아니다.

"신도 내에 사는 김판돌이도 알 테지."

"김판돌이?"

잇달아 네댓 이름을 물었으나 한두 사람밖엔 기억이 나지 않았다.

"다 호리꾼인가요?"

"그렇다고 볼 수 있지."

"하지만 불법을 저지른 일은 없습니다."

이창길의 이마엔 진땀이 흐르고 있었다.

이즈미 형사는 이창길에게 담배 한 대를 권하고 나서 계속했다.

"자기가 직접 호리를 하지 않았더라도 훔친 물건을 보관하고 있거나 취득했다면 장물죄야. 잘 알고 있을 테지?"

고물상에겐 상식에 속하는 것이지만, 장물인지 아닌지를 일일이 밝혀 가면서 장사를 할 도리는 없다.

"글쎄, 장물을 취급한 일은 없습니다."

"거짓말 말아."

이즈미 형사는 비실비실 웃으며 말했다.

어디선가 날카로운 비명이 새어들었다. 간간이 쿵쾅거리는 소리가 들렸다. 두어 칸 건너쯤에서 피의자를 고문하고 있는 모양이었다.

"네 경우는 *교사한 죄도 면치 못할 것이야."

"무슨 말씀을 그렇게 하십니까?"

이창길은 도리어 냉정해지고 있었다. 어차피 사단은 나고야 말았다. 이 올가미에서 벗어날 방도는 역시 타케야마와의 흥정밖엔 달리 없다. 그것도 여의치 못하다면 타케야마를 걸고넘어지는 것뿐이다.

"대개 처음엔 시치미를 떼지만 결국 실토하고 마는 법이지. 너도 선선히 부는 것이 좋을걸."

"혹시 타케야마 선생을 아십니까?"

그러면서 이창길은 재빨리 형사의 눈치를 훔쳐보았다.

"타케야마? 이름은 들은 적이 있는 것 같군. 왜 물어?"

"아니올시다. 그저……."

"내일이면 김문태하고 김판돌이도 모조리 끌려들어올 판이야. 대질을 시켜 봐야 자백할 텐가? 아니면 맛을 좀 봐야 알겠어?"

"결과적으로 장물을 거래했다면 죄를 달게 받겠습니다. 하지만 모르는 일이야 어떻게 합니까? 한데 나리께 긴한 부탁이 한 가지 있습니다."

"뭐야, 담밴가?"

"타케야마 선생은 제 은인이지요. 평소에 신세를 많이 지고 있습니다. 이럴 때 연락을 취하지 않는 것도 저의 도리가 아닙니다. 나리께서 제가 여기 있다는 사실만 전해 주시면 고맙겠습니다."

이창길은 눈을 내리깔고 나지막하게 중얼댔다. 형사는 어이가 없다는 듯 물었다.

"네 가족이 알아서 할 게 아닌가?"

"물론 마누라도 기별을 하겠지요. 하지만 워낙 똑똑치 못해서……. 나리께서 그래 주신다면 평생 은혜로 알고 예를 올리겠습니다."

타케야마가 동경서 돌아왔다는 소식은 듣지 못했지만 그가 지금 경성에 있고 없고는 문제가 아니었다. 이즈미 형사를 타케야마가 이용할 수 있다면 이편에서도 이용할 수가 있을 것이다. 닿는 대로 수작을 걸어 볼 만한 일이었다.

예를 올린다는 일본말은 섭섭치 않게 성의를 표시하겠다는 뜻이다. 이즈미 형사는 못 들은 척하는 것 같았다.

"나리의 공무집행과는 상관이 없지 않습니까?"

이즈미 형사는 대꾸를 안 했다.

잠시 후 다른 형사가 들어와서 이창길이를 유치장 속에 집어넣었다. 쇠창살문이 닫히고 자물쇠 소리가 둔하고 무겁게 울렸다. 침침하고 냉한 감방 안에 네댓 명이 웅크리고 있었다. 빈틈을 찾아서 비벼 앉으려고 하니까 한 놈이 소리를 질렀다.

"초입이면 인사부터 치러야지. 꿇어앉고, 어디 사는 누군데 무슨 무슨 죄를 저질러서 들어왔다고 신고를 하란 말이다."

이창길은 시키는 대로 주소 성명을 대고 나서,

"죄를 지은 건 아니고 잘못 걸려든 것뿐입니다."

그러자 모두들 킬킬거리며 웃어 댔다.

"팔자 좋은 소리하네. 영감, 여기 오면 죄가 생기는 거야. 그건 그렇고, 보아하니 돈푼깨나 만지던 사람 같은데, *차입 들어오면 나눠 쓰자고."

"사기그릇 때문에 걸려들었다니, 대관절 무슨 소리야?"

하며 무릎 사이에 턱을 묻고 있던 놈이 참견했다.

"임마, 것도 몰라? 옛날 사기그릇이 얼마나 비싼 줄 아니?"

*좌상이 알은 체를 했다. 이런 잡범들 상대로 도자기 얘기를 늘어놔 봐야 부질없는 노릇이다.

"영감! 벙어리야?"

간수에겐 들리지 않게시리 억눌린 목소리였지만 잠자코 있으면 발길질이라도 당할 서슬이었다.

"몇백 년 전부터 우리 조상들이 만들고 또 써 내려온 사기그릇이 귀해진 까닭은 일본 사람들이 쓸어 갔기 때문이요. 일본 사람들이 괜히 좋아하는 게 아니라 조선의 사기그릇엔 그만한 값어치가 있단 말이요. 지금도 땅속을 파면 더러 나오지만 워낙 일본 사람들이 많이 가져가서 신통한 물건은 안 남았소."

"그럼 그놈들이 도적놈 아닌가."

좌상이 고개를 들고 내뱉었다.

"……거 다 조선 사람이 못나서 그렇게 된 거요."

"제기럴. 그릇만 있음 뭘 해. 밥을 담아야 먹고살 게 아니야."

좌상의 소리에 다시 한 번 웃어 댔다.

저녁때 콩이 섞인 주먹밥을 동거인들한테 나눠 주고 냉수만 몇 모금 마셨다. 소등 시간이 되어 희미한 벌거숭이 전구마저 꺼져 버리자 제각기 몸뚱이를 눕히고 거적대기 같은 모포를 끌어당겼다.

근래 동업자 가운데 한 사람이 역시 장물죄로 육 개월인가 옥살이를 치르고 나온 일이 있었다. 최악의 경우래야 일 년만 견디면 풀려 나올 수 있다. 재수만 좋다면 벌금만으로 때울 수 있을지도 모른다. 또 호적에 전과자라는 딱지가 붙었다고 해서 장사에 큰 지장이 생기는 것도 아니다. 이처럼 마음의 여유를 가지려는 이창길이었지만, 그와는 딴판으로 이십 년간의 과거지사가 활동사진처럼 눈앞에 벌어지고, 애초부터 길을 잘못 들어섰던 것이 아닌가 하여 한스럽고 심란한 마음이기도 했다.

하지만 역시 후회는 가지 않는다. 지금까지 공들여 모아 놓은 수장품을 모조리 뺏기는 한이 있더라도 조선의 그릇을 알 수 있었다는 것은 다행한 일이 아닐 수 없다. 그걸로 족하다. 일인들한테 져서는 안 된다. 나라와 하늘과 땅과 모든 것을 뺏겼을망정 눈만은 내 것을 지니고 있어야 한다. 그리고 일인들이 쓸어

가는 그릇 중에서 다만 한 가지만이라도 붙잡아 놔야 한다. 그러다가 이런 뜻밖의 불행을 당하게 된 것이 아닌가. 이창길은 이제껏 느껴 보지 못한 비장감 속에 깊이 젖어들었다.

아내가 면회를 온 것은 수감된 다음 날 저녁때였다. 오 분간만 면회를 허가해 주었다.

"아버님은 괜찮으신가?"

"오늘 아침에 최 박사가 다녀갔어요."

최 박사란 이 노인의 병세가 악화될 때마다 왕진을 오곤 하는 종로의 개업의였다.

"입원을 하시도록 말씀드리지 그래."

"아버님 고집, 당신도 잘 아시잖아요."

"……오늘 밤에라도 당신이 타케야마 선생 부인한테 찾아가서 내가 이렇게 됐다는 얘기를 전하고, 만일 타케야마 선생이 돌아오셨으면 장황한 소리할 것 없이 내가 보내서 뵈러 왔노라고만 하면 알아들을 거요."

"네."

"아니, 이렇게 말씀드리는 게 좋겠어. 선생님은 조금도 걱정하실 필요가 없다고, 하지만 선생님이 힘을 좀 빌려 주셔야겠다고."

벽에 걸린 괘종시계가 이미 사 분을 넘고 있었다. 이런 짧은 시간에 타케야마와의 착잡한 관계를 알아듣기 쉽도록 일러 줄 재간은 없었다.

"하여간에 일이 잘 해결되면 호랑이 항아리를 양보하겠다더라고 넌지시 비쳐 보구려. 그리고 담당 형사 이름이 이즈미라고 하니까……."

여기서 면회 시간이 끊어졌다. 아내가 넣어 준 솜 바지저고리를 입고 다시 유치장에 끌려갈 참인데, 이즈미 형사의 호출이라는 전달이었다.

"그 의자에 앉아."

이즈미 형사는 취조실 한복판 책상에 기대어 서류를 뒤적이고 있었다.

"솔직히 말해서 넌 재수 없이 걸린 거야. 허나 법은 법이니까 기왕 이렇게 된 바엔 순순히 불고 덜 고생하는 편이 약은 거지."

"형사 나리, 저어, 타케야마 선생 댁엔 연락을 취해 주셨습니까?"

"어제 동경서 돌아왔더군."

"감사합니다. 은혜는 잊지 않겠습니다."

이창길은 두 손으로 무릎을 짚고 깍듯이 머리를 조아렸다.

"곡해하면 못써. 타케야마 씨는 너를 무척 걱정하고 있더군. 변호사 댈 염려를 하면서 말이야."

"변호사요?"

이창길은 이렇게 반문하고 나직이 웃었다.

"뭐가 우스운가!"

"아닙니다. 제가 생각하기엔 이게 모두 동업자들의 모함입니다. 그걸 타케야마 선생께선 훤히 알고 계실 거예요."

"실없는 소리 말아. 보기보단 악당이군. 김문태를 시켜서 호리를 한 일과 김판돌이의 장물을 상습적으로 처분한 사실을 시인하고 이 조서에 지장을 찍으라고."

"그런 일은 안 했습니다. 나리께서 아무리 캐 보셔야 헛수고일 겁니다. 여러 차례 말씀드렸듯이 장물인 줄 모르고 취급한 것이 죄라면 죄를 달게 받겠습니다."

"이자식이!"

이즈미 형사는 발작하듯 달려들어 이창길이의 뺨을 후려갈겼다. 제물에 흥분해서 이번엔 옆구리를 발길로 걷어찼다. 이창길의 몸뚱이가 힘없이 굴러 떨어졌다.

"이건 약과다. 물맛을 좀 봐야 알겠나."

이즈미 형사는 이창길이를 의자에 도로 앉히고 말했다.

"나리, 흥분하지 마시고 제 말을 들으세요. 나리께서 타케야마 선생을 한 번만 더 찾아뵙고 말씀을 올려 주세요. 이창길이가 믿는 것은 타케야마 선생 한 분뿐이라고. 그럼 조사하시는 데 참고가 될 만한 얘기가 나올 겁니다."

눈두덩이 벌겋게 부어올랐으나 목소리는 되레 차분히 가라앉은 이창길이었다.

한 달만에 동경서 돌아온 타케야마는 요시다를 통해서 사건의 경위를 자세히 알 수 있었다. 이즈미 형사와는 안면이 있는 정도였지만, 평소 가깝게 지내는 키무라 경부에게 내막을 털어놓고 미리 협조를 구해 놓은 터였다.

그러나 이즈미의 보고는 두 가지 점에서 예측과 어긋나는 것이었다. 첫째는 아무리 이창길이를 족쳐도 자백을 하지 않는다는 것이었고, 또 한 가지는 그처럼 공갈을 치던 기세는 어디다 두었는지, 이젠 죽여 주십사 하는 시늉으로 말끝마다 타케야마 선생을 찾는다는 것이었다. 물을 먹이고 비행기를 태우는 고문을 했는데도 제가 호리꾼을 교사했다는 소리는 끝내 부인하더라는 것이다. 겉보기엔 약골이지만 조선인이란 본시가 독종이니까 그럴 수도 있다. 놈이 정말 그런 배짱이라면, 타케야마를 원수로 알고 이를 갈지언정, 오직 선생님만 의지하겠다는 둥 가련한 수작은 안 할 것이다.

"선생님의 은혜를 입었다고 수없이 되풀이합디다. 그러나 거래가 있었다는 소리는 한마디도 안 해요."

이즈미 형사는 타케야마의 술잔을 받으며 빙긋이 웃었다.

"그건 사실이지. 금전 관계는 없었어. 자네가 오해한다면 곤란해. 누구보다도 키무라 군이 잘 알고 있네."

"그러십니까."

타케야마는 이즈미 형사를 물끄러미 쳐다보았다. 이 자가 거짓말을 할 턱은 없을 텐데……. 혹시 이창길한테서 뇌물을 먹은 게 아닌가. 양편에서 받아먹고 적당히 사건을 얼버무리려는 농간이 아닌가.

그러나 그런 의심에 앞서 역시 이창길의 녹록치 않은 태도가 마음에 걸렸다. 이창길의 마누라가 찾아와서 호랑이 항아리를 진상하겠다는 얘기를 전한 것도 수상쩍은 일이었다. 더구나 그 항아리로 말하면 사건의 열쇠를 쥐고 있는 증거물이 아닌가.

이창길이가 설사 풀려 나온다 하더라도 제 차지가 될 가망은 열에 하나도 없다. 문제가 됨 직한 물건을 모조리 동경으로 옮겨 놓은 것은 혹시 들통이 날 경우를 대비한 일이었는데, 그런 위험이 줄어드는 건 좋지만 당최 이창길이의 속셈을 풀 수가 없었다.

이즈미 형사를 보내고 나서 타케야마는 지하실에 내려가 수장품을 한 바퀴 둘러보았다. 알짜를 상당수 빼돌린 탓인지 휑하니 구멍이 뚫린 느낌이 들었다.

동경으로 건너간 그릇들이 제각기 손짓 발짓 해 가며 고함 소리를 내고 있는 환상이 떠올랐다. 그리고 방 안의 그릇 하나하나가 숨을 죽이고 있는 짐승 같았다. 이 짐승들 전부가 이창길이를 동정하고 이편을 증오하고 있는 성싶은 기묘한 불안감이었다.

그때 타케야마를 사로잡은 상념은 이창길이에게 쏠리는 무서움 하나뿐이었다. 그저 살려 주십사 하는 시늉은 아무래도 흥정이었다. 고문에 이겨 내고 있다는 사실이 흥정을 포기하지 않겠다는 의사 표시인 것이다. 이제라도 늦지 않았으니, 마음을 돌려서 화해를 할 수 있도록 뿌린 씨를 거두어 달라는 뜻이었다. 타케야마는 그렇게밖엔 해석할 길이 없었다. 그러면서 호랑이 항아리를 넘겨준다는 것이 거짓말이 아니라면, 흥정에 응해도 과히 나쁘지 않으리라고 생각했다.

일본 사람의 승부는 겉보기에 시원시원하지만 조선 사람의 결판이란 안으로 맺혀서 쉬이 풀리지를 않는다. 그만큼 혼을 내놨으면, 굳이 재판까지 끌고 가서 세상을 시끄럽게 할 까닭도 없었다. 슬슬 마음이 불편해진 타케야마는 본정통 뒷골목의 어느 요릿집으로 키무라 경부를 불러 냈다.

시중드는 여자를 물린 다음 타케야마가 입을 열었다.

"그 녀석, 나한테 살려 달라고 빌어 왔어. 조금 가엾은 생각이 들어서 말일세."

"조선놈은 끈질긴 데가 있으니까."

"동감이야. 하여간 그 녀석 때문에 자네 신세를 졌네."

타케야마는 술잔을 놓고 정색해서 말했다.

"이제 와서 불을 꺼 달라는 소린가?"

키무라 경부가 못마땅하게 물었다. 나이는 쉰 안팎, 사복차림이지만 눈매가 드센 탓인지 경찰관 냄새를 숨길 수가 없다.

"말하자면 그렇지."

"영장까지 받아 놓고, 우리 체면은 어떻게 되라고 그런 무리한 주문을 하나."

"녀석이 *사상범이라면 이런 부탁은 안 하지. 하지만 자네도 알다시피 골동상한테는 너나할것없이 어두컴컴한 데가 있기 마련이야. 궁한 쥐가 고양이를 문다고 하지 않나. 자, 이건 얼마 안 되지만 아랫놈들 술값이야."

타케야마는 흰 봉투 하나를 상 밑으로 밀어넣었다. 아랫놈이란 물론 이즈미 형사를 비롯한 키무라의 졸개들이다.

"모처럼의 당신 청이니 녀석을 검찰국에 보내는 건 막아 보도록 하지. 그러나 녀석의 버르장머리를 좀 고쳐 놔야겠어."

"그건 자네들이 알아서 할 일이고. 자, 그 얘긴 그만 하세."
"아니야, 아니야. 녀석한테서 압수한 물건도 고스란히 돌려 줘야 한단 말인가?"
키무라도 십여 년간 타케야마와 상종하는 사이에 도자기 맛을 단단히 들인 것 같았다.
"별수없지 않나. 자네한텐 별도로 선물 하나 하지."
"조선놈이 그런 일급품을 가지고 있다니, 도대체가 건방지단 말이야."
키무라는 입맛을 다시고 말을 이었다.
"타케야마 상, 당신의 진의를 내가 점쳐 볼까? 압수품 가운데 당신이 눈독을 들인 물건이 무어무어요? 웬만하면 내가 중개역을 맡아 주지."
"말귀를 못 알아 듣겠는데."
호랑이 항아리에 대한 집착을 버리지 못하고 있는 것은 타케야마 자신이 깨닫고 있는 일이다. 그렇지만 키무라 경부의 말은 지레짐작으로 한술 더 뜨는 수작이 아닐 수 없었다. 그렇게까지 욕심을 부리고 있는 것은 아닌데, 뭐 눈에는 뭣밖에 보이지 않는 모양이다.
"시치미 떼지 말고 나한테 맡겨요, 맡겨. 피차 해롭지 않게 요리할 테니까."
"뭘 어떻게 요리하겠다는 거야?"

"적당한 값으로 인수하도록 하면 될 것 아닌가?"

그러자 타케야마는 입을 다물었다. 제발 그럴 필요가 없으니 주제넘게 나서지 말라는 소리가 입 밖으로 나오지 않았다.

"그 조선놈은 사금파리나 만지고 있으면 되는 거지. 어딜 감히 우리 일본 사람하고 맞서 보겠다는 거야."

키무라 경부는 내뱉듯이 중얼거렸다.

이튿날, 키무라 경부는 출근하자마자 이즈미 형사로부터 보고를 들었다. 이창길이란 놈이 겉으로 보기에는 약골 같지만, 비행기를 두 차례나 태우고 몽둥이 찜질을 했어도 끝내 교사한 사실만은 불지 않더라는 것이었다. 까무라쳐서 냉수를 끼얹으니까 멀뚱멀뚱 눈을 뜨고는, 죄를 지은 일이 없노라고 되풀이하더라는 것이었다.

"취조실로 데리고 와. 내가 직접 심문할 테니까. 딴 놈들은 들어오지 말라고 그래."

키무라 경부는 이즈미 형사가 작성한 서류를 훑어보고 나서 취조실로 들어갔다. 그러고는 이창길에게 손수 일본차를 한 잔 따라 주었다.

"듣자하니 어지간히 고집을 부리는 모양인데, 사소한 일 가지고 그럴 필요가 뭐야? 내 정상을 참작해서 나쁘게는 하지 않겠다."

이창길은 푸르딩딩하게 부어오른 얼굴을 들고 한마디 했다.

"감사합니다."

"쉽게 말하면 이런 거야. 장물인 줄 알고 거래를 했건 안 했건, 죄를 면할 수는 없어. 그러나 상습범이 아니라고 한다면, 또 예전의 잘못을 뉘우치는 점이 명백하다면 한 번은 용서해 줄 수도 있다, 그 말이야. 알겠나?"

"감사합니다."

이창길이도 타케야마가 키무라 경부와 상종하고 있다는 것쯤 익히 알고 있었다. 하지만 키무라 경부가 별안간 구슬리는 조로 나오는 꿍꿍이속이 무엇인지 얼른 알아차릴 수가 없었다.

"어때? 장물의 혐의를 받고 있는 물건은 원임자들한테 돌려주는 게 좋지 않을까?"

키무라 경부는 입가에 애매한 웃음을 띠고 말했다.

"무슨 말씀이신지 모르겠는데요."

"공으로 돌려주라는 얘기는 아니야. 네가 사들인 값을 치르게 해서 계산을 맞추면 될 것 아닌가?"

순간 이창길은 십여 년간 날마다 살과 살을 맞대다시피 동거해 온 그릇들이 눈앞에 선했다. 죽으면 죽었지 그것들을 고스란히 뺏길 수는 없다. 왈칵 울음 같은 것이 속에서 치밀어올랐다. 그러나 이 흥정을 마다하면 검찰국으로 넘어가서 재판을 받고, 보나마나 유죄판결로 신세를 망치게 될 것이 뻔한 판국이다.

"나리 처분대로 하겠습니다."

"한 가지 일러 둘 일이 있어. 앞으론 일본 사람하고 잘 지내야 해. 알겠나?"

"잘 알겠습니다."

이창길은 이를 악물고 울음을 참고 있었다.

"오후에 석방시켜 줄 테니까 그리 알고, 보기 흉하게시리 찔끔거리지 말아."

이창길은 닷새 만에 유치장에서 풀려 나왔다. 아내가 자동차를 세내어 경찰서 문밖에서 기다리고 있었다. 집에 도착하자 아내와 아들놈의 부축을 받으며 아버지부터 뵈었다.

"욕봤다. 무엇보다 풀려 나온 게 천행이다. 별 탈은 없었느냐?"

"괜찮습니다. 타케야마란 위인이 그렇게 악랄한 줄은 미처 몰랐었지요. 그게 제 실수였습니다."

안방에 돌아와서 자리에 누워 있으니까 이즈미 형사가 찾아왔다. 압수했던 물건을 반환하러 왔다는 것이었다.

"하나하나 확인을 하고 도장을 찍으시오."

"보기도 싫소이다. 이 도장 가지고 맘대로 찍으시오."

이창길은 그것들을 다시 대하기가 겁이 났다.

"그건 곤란합니다. 점 수를 맞춰 보시고 *영수하신 다음, 따로 용건이 있으니까요."

이즈미 형사는 경철서에서와는 딴판으로 공대를 했다.

"다른 용건이라니요?"

"경부님의 지시올시다."

"알겠습니다. 그럼 사랑방으로 들여놓으세요."

키무라가 직접 찾아와서 물건을 골라잡을 줄 알았는데 부하에게 시키는 것을 보니, 상전으로서의 채신을 지키려는 셈인 모양이었다.

사랑으로 자리를 옮겨서 오동나무 상자를 하나씩 열었다 닫았다. 그릇을 확인하고 나자 이즈미 형사가 백지 한 장을 건네주었다.

"이걸 보면 아실 겁니다."

분청연화유문병(紛靑蓮花柳文甁)

진사비연문호(辰砂飛燕文壺)

철사청화포도문호(鐵砂靑華葡萄文壺)

철사호문호(鐵砂虎文壺)

여기서 이창길은 자리에 쓰러졌다. 나머지 가물가물하는 글자는 읽을 기력조차 없었으나 족히 다섯 가지는 될 것이었다.

"잘 알겠습니다. 한데 대가는 어떻게 하시려고요?"

이창길은 숨을 허덕이며 물었다.

"이 선생을 믿는다는 경부님의 말씀이었지요. 취득한 가격을 알려 주시면 그대로 처리하시겠다는 얘길 겁니다만."

다시 서면을 살펴보니 타케야마로부터 인수한 다섯 점이 빠짐없이 들어 있었다. 그 다섯 점에 호랑이 항아리까지 곁들여서 뺏어 가자는 것이 분명했고, 나머지 네댓 점은 아마도 타케야마와 키무라 경부가 저들끼리 적당히 갈라먹으려는 흉계일 것이었다.

"이즈미 상, 장물을 임자들한테 인수시키게 해서 내 죄를 용서해 주시겠다니, 이런 고마운 일이 어디 있겠습니까. 은혜에 보답하는 뜻에서 깨끗이 내놓겠습니다. 동전 한 푼 받지 않고 말입니다. 그 대신 호랑이 항아리 하나만은 눈을 감아 주십사고 경부 나리께 말씀드려 주십시오."

"……정 그러시다면 한번 부탁을 올려 보지요."

이즈미 형사는 다소 감동을 받은 양, 고개를 끄덕였다. 이자가 이편의 기막힌 마음을 알 턱이 없다. 호랑이 항아리는 쉽사리 만져 보기 힘든 희귀한 명기인 것은 사실이다. 하지만 십여 점과 몽땅 맞바꿀 만큼 끔찍한 물건이라곤 할 수가 없다. 그런데 이상스레 호랑이 항아리만은 한사코 타케야마한테 뺏기고 싶지 않은 심정이었다.

"뭣하시다면 며칠 후 내가 경부 나리를 한번 뵈었으면 싶은데, 그렇게 될 수 있겠습니까?"

"글쎄요. 말씀은 전해 보지요."

"저어, 공주의 김 가하고 또다른 작자들은 어떻게 됐습니까?"

"지방에서 따로따로 처분이 내렸을 겁니다."

"전적으로 이즈미 상의 덕분이올시다."

"천만에요."

"이즈미 상이 타케야마 선생께 기별해 주셨기에 망정이지 안 그랬으면 이렇게 순순히 해결이 됐겠습니까? 골동 좋아하는 사람끼린 얼마든지 통할 수 있지 않습니까. 실례가 될지 모르지만, 제가 선물 하나 하겠습니다."

"이러시면 곤란한데요."

"이번 사건과는 아무 상관이 없습니다. 넣어 두세요."

이즈미는 접시를 눈 위에 받쳐 들고 머리를 굽실했다.

골동이란 아무래도 마물인 모양이었다. 오래 매만지고 있다 보면, 그것에 빠져 버리고 다른 사리의 감각이 되레 무디어지는 수도 있다. 따지고 보면 키무라 경부나 이즈미 형사 할것없이 경찰관이란 직분을 잊어버리고 신들린 무당에게 넋을 잃듯 이창길이가 내뿜는 분위기 속에 말려들어간 것인지도 모를 일이었다.

며칠 뒤, 이즈미 형사로부터 연락이 왔다. 키무라 경부께서 만나도 좋다고 했다는 것이다. 잇달아 타케야마한테서도 바삐 집으로 와 달라는 전화가 왔다.

"제 소식 못 들으셨습니까. 당분간 집에서 쉬어야겠습니다. 일어날 수가 없어요."

"그럼 내가 위문차 보러 가겠네."

잠시 후에 타케야마가 생과자를 싸들고 찾아왔다. 이창길이도 자리에서 일어나 앉았다.

"얼마나 고생했나. 운수가 사나왔던 탓이야. 내딴엔 키무라 경부한테 잘 봐달라고 청을 단단히 넣었지만, 아무튼 큰일로 번지지 않아서 다행이야."

이럴 때 타케야마의 표정은 근엄하기 짝이 없었다.

"잘 압니다. 타케야마 선생께서 힘써 주신 덕택이지요."

그러자 타케야마는 잠시 머뭇거리는 듯했다.

"한데 장물 혐의를 받은 물건은 내놓게 됐다면서? 대관절 어떻게 된 영문인가?"

"거야 당연하지 않습니까. 장물인 줄 모르고 사들인 것이니까, 판 사람에게 물어주면 되는 것이지요. 일본 경찰이 그처럼 친절하다는 것을 이제야 깨달았습니다."

"비꼬지는 말아. 원임자라면 호리꾼들 아니겠나? 그녀석들이 무슨 돈이 있다고."

타케야마의 말투로 봐서는 정말 그런 의문을 품고 있는 성싶었다.

"타케야마 선생, 그걸 믿으십니까?"

이창길이가 냉소를 띠고 물었다.

"그럼 어떻게 하겠다는 건가?"

"줄거리야 뻔한 거 아닙니까?"

이창길은 어처구니가 없었다. 이즈미 형사가 제시한 목록만 보더라도 타케야마와 키무라 경부의 공모임이 뚜렷하지 않느냐 말이다.

"타케야마 선생, 피차 이러지 맙시다. 나한테 물건을 넘긴 호리꾼들은 그걸 도로 찾아갈만 한 돈이 미리 준비되어 있을 겁니다. 그런 다음 경찰에 압수당하건 말건, 나와는 관계 없는 일이 아니겠습니까."

그러나 이창길의 판단으로는 키무라 경부가 일을 그런 식으로 복잡하게 만들 이유가 없었다. 호리꾼은 도굴죄로 다스리고 중간에 뜬 물건일랑 이창길과의 암묵의 양해로써 어영부영 처리해 버리면 그만이다.

"자네 말귀를 대강 알아듣겠네. 요는 자네가 받을 돈의 액수가 문제야. 다시 말해서 원가를 얼마씩 계산하느냐가 문제야. 안 그런가?"

이게 타케야마의 본론임이 틀림없었다. 호랑이 항아리만 빼준다면 나머지는 몽땅 거저 주겠다고 한 얘기를 타케야마는 얻어듣지 못했단 말인가? 그렇다면 저들끼리도 비밀이 개재되어 있는 것이고 서로 속임수를 부리고 있다는 조짐이 아닐 수 없었다.

타케야마에 대한 앙갚음. 이창길의 가슴속엔 돈 욕심, 그리고 그릇 욕심 따위는 스며들 여지가 없는 것 같았다. 가지고 싶어서 못견뎌하는 것을 못 가지게 하는 것처럼 잔인한 앙갚음도 달리 없을 것이다.

경찰서에서 풀려 나온 후 이창길은 일주일 가까이 병석에 누워 있었다. 아직 키무라 경부와 만날 일이 남아 있었지만, 이즈미 형사한테서도 아무런 연락이 없었다. 곰곰 생각해 보면 일인들에게 앙갚음을 하려다가 거꾸로 짓밟힌 거나 다름이 없었다. 사건은 다행히 신문 같은 데엘 나지 않았으나, 장안 골동상 사이에서는 이러쿵저러쿵 소문이 파다했다. 그것도 타케야마가 힘을 써서 무사할 수가 있었다는 뒷공론에 이르러서는 입맛이 쓰지 않을 수 없었다.

이창길은 아내를 시켜 키무라 경부가 점찍어 놓은 그릇 열 점을 방 안에 들여다놓고 나서 아들을 불렀다.

"준배야, 아버지가 왜 경찰에 끌려가서 욕을 봤는지 아느냐?"

"잘 몰라요."

물론 제 어미한테서도 들은 말이 있었을 것이다.

"아버지가 산 물건 중에 도둑질한 것이 섞였다고 해서 조사를 받은 거다. 그러나 혐의가 풀렸기 때문에 이젠 괜찮다."

"네."

"준배야, 내가 너만 했을 땐 할아버지 밑에서 흙을 으깨고 가마에 불을 때기도 하면서 사기장이 일을 배우고 있었다……. 네가 커서 아버지처럼 골동상인이 되기를 원치는 않는다. 그건 아버지 대로서 충분하다. 그러나 도자기가 뭣인지는 너도 알아야 한다. 저 그릇들을 보아라."

중학에 입학한 뒤로 가끔 아버지한테서 도자기에 대한 강의를 들어온 준배였다. 심심풀이로 점방을 기웃거리는 얼치기 손

님들보다는 확실한 안목을 지니고 있는 셈이지만, 어느 수준을 넘어서자면 역시 나이가 들어야 하고, 그만큼 세상살이 경험의 부피가 쌓여야 한다. 이런 안타까움을 느끼면서 이창길은 말을 계속했다.

"저 속에는 우리 조선 사람의 피가 흐르고 있다. 네 몸에 할아버지와 아버지의 피가 흐르고 있듯이. 너도 알다시피 우리 조선은 일본한테 나라와 강토를 뺏긴 지 오래다. 조선 사람은 천상 일인들 종노릇밖에 할 수가 없어. 허나, 일인들이 뺏지 못하는 것이 단 한 가지 있다. 조선의 아름다움이다. 도자기를 통해서 볼 수 있는 아름다움 말이다. 그건 도자기를 아는 사람이건 모르는 사람이건 가릴 것 없이, 우리 조선 사람 전부의 속에 흐르고 있는 피와 같은 것이다. 너도 그런 마음으로 그릇을 대하고 아낄 줄 알아야 한다."

"네."

"아버지가 모은 그릇은 결국 네가 이어받게 될 것이다. 아들이라고 해서 당연히 차지하게 된다고 생각해서는 안 된다. 그럴 자격이 있어야만 한다. 알겠니?"

"네."

아들을 데리고 이처럼 설교 비슷한 소리를 늘어놓은 것은 처음이었다. 사실 아들에게 가업을 잇게 할 마음은 털끝만큼도 없었지만, 최소한 아비가 공들여 모은 물건을 축내지 않을 만한 안목을 지닐 수 있도록 미리 길들여 놔야 하겠다는 욕심이 있었다.

아들을 내보내고 다시 그릇을 품속에 안다시피 하나하나 음미했다. 수중에서 일단 떠나보내면 다시는 돌아오지 못할 것이다. 이창길은 그것들을 머리맡에 한 줄로 세워 놓고 눈을 감았다.

문풍지가 파르르 떨리었다. 밖은 찬바람이 세찬 모양이었다. 바람 소리가 멎자 심신의 피곤함 속에 적막감이 더욱 번지어 든다. 분원마을 풍경이 눈앞에 아련히 떠오른다.

검은 연기를 뿜는 가마, 높이 쌓아올린 장작, 그리고 뺑뺑이를 돌리는 아버지의 모습……. 아버지는 곧잘 아무도 없는 건조실에 들어가서 병과 항아리들이 튀기는 미묘한 가락에 취하곤 했다. 다른 사람에겐 들리지가 않아도 그놈의 몸뚱이를 손으로 빚은 사기장이만은 그 소리를 들을 수 있다고 하면서.

한순간, 이창길이의 귓전으로 깊은 계곡의 물소리 같은 구슬진 음향이 맴돌았다. 눈을 뜨고 고개를 돌려 그릇들을 고쳐 봤을 때 그 음향은 이미 그쳐 있었다.

이튿날, 이창길은 자리를 거두고 점방에 나갔다. 점원한테 점방을 맡길 수가 없어 그동안 문을 닫았었다.

이즈미 형사가 찾아온 것은 점심때가 좀 지나서였다. 점방 문 열기만을 날마다 기다렸던 눈치였다.

"신장개업이라고 써 붙이십시오."

이즈미 형사는 농을 걸고 나서, 오늘 저녁 키무라 경부와 만날 수 있겠느냐고 물었다. 그가 지정한 장소는 다동의 조선 요릿집이었다. 저편에서 초대했으니 술값을 걱정할 필요는 없겠으나, 아무래도 대접이 좀 과한 것 같아 뒷맛이 좋지 못했다.

이창길은 여섯 시 십 분 전쯤해서 요릿집으로 갔다. 방문을 열자 기생들을 앉혀 놓고 화투를 치고 있던 키무라 경부가 벌떡 일어서며,

"이 군, 오랜만이군. 오늘은 그간 이 군의 노고를 치하하는 뜻에서 내 한턱 내기로 한 것이니, 단둘이서 실컷 마셔 보기로 하지."

이창길이의 손을 끌고 윗자리에 앉히려 했다.

"아니올시다. 나리께서 올라가십시오."

"자넨 내 손님이야. 사양 말고 올라가게."

한동안 옥신각신한 끝에 이창길은 윗자리에 주저앉을 수밖에 없었다. 술상이 들어오고 서너 순배 잔이 오갔다. 키무라 경부는 빨리 취하고 싶은 기색이었다.

"이 군, 지난 일은 물로 씻어 버리세. 전부터 타케야마 선생을 통해서 자네 이름은 듣고 있었네만, 아무튼 이처럼 사귀게 된 것도 인연이라면 인연이야."

기생을 내보낸 다음 키무라 경부가 말했다.

"타케야마 선생과는 전부터 잘 아십니까?"

"그건 그래. 이즈미를 시켜서 전한 것은 받아 봤나?"

"제가 회답을 올렸을 텐데요?"

"아참, 그랬었군. 호랑이 항아리 건 말이지?"

"장물을 모르고 구입한 것도 역시 제 허물이 아니겠습니까?

또 실상 호리꾼한테 쳐준 값이래야 별것 아닙니다. 다만 그 항아리만은 사연이 좀 있지요."

"사연이라니?"

이창길은 그걸 경매에 붙여서 김문태에게 온전한 값을 치러 줬다는 얘기를 정직하게 들려주었다.

"호오, 거참 어려운 일을 했군. 자네를 다시 봐야겠는걸."

"해서, 그것만은 놓치고 싶지가 않은 겁니다."

"알았네. 실토하자면 타케야마 선생이 잔뜩 눈독을 들인 물건인 줄은 나도 알고 있어. 내 타케야마 선생껜 잘 납득이 가도록 얘기해 놓을 테니까 안심하게."

"어떻게 말입니까?"

타케야마를 골탕먹이는 것만이 이창길이의 이지러진 기쁨이었다. 아무리 아집이 센 타케야마일지라도 키무라 경부의 말이라면 듣지 않을 수 없을 것이다.

며칠 후 이창길은 이 노인이 만든 천 자 대접 한 개를 가지고 타케야마 댁을 방문했다.

"자네 아버님께서 구운 물건이 아닌가."

역시 타케야마의 눈과 기억력은 정확했다.

"잊지 않으셨군요."

"한데 새삼스럽게 그건 왜 보여 주나?"

그러면서 타케야마의 표정엔 잠시 회포의 빛이 떠돌았다. 그 무렵의 당신은 지금보다 훨씬 착한 사람이었소, 이창길은 이렇게 말해 주고 싶었다.

"전번 동경의 와타나베 씨가 왔을 적에, 이것과 똑같은 물건을 본 일이 있다고 하지 않았습니까?"

"나카노 군이 그때 가져간 것인지도 모르지."

"그래서 말입니다. 동경서는 분원 후기 정도로 비싸게 팔렸다고 들었습니다만 그건 우리완 상관이 없는 노릇이고, 제가 선생님의 귀국 선물로 드리겠습니다."

타케야마는,

"조선 마지막 도공의 솜씨니까."

하며 딴전을 피우듯 대접을 받쳐 들고 들여다보았다.

"실은 아버지의 선물이지요. 머지않아 귀국하신다는 말씀을 듣고 보잘것없는 물건이지만 *전별로 받아 두십사 하는 겁니다."

"그래? 귀국은 내년 봄이 될 거야. 그런데 소문이 고약하게 나서 입장이 곤란하게 됐어."

타케야마의 수장품은 지금까지 한 번도 공개한 적이 없을 뿐 아니라, 눈요기만이라도 할 수 있었던 사람이 아주 드문 관계로 수수께끼처럼 되어 있었다. 비밀의 장막 속에 가려 두면 둘수록 정체를 알고 싶어하는 것이 인정이다. 실상 타케야마도 그걸 노리고 있었을 텐데…….

"입장이 곤란하시다니?"

보따리 싸서 날아 버린다는 도둑놈 소리가 듣기 싫다는 말귀겠으나 일부러 되물었다.

"자네도 알고 있을 테지만 총독부의 친구들도 그렇고, 신문사 친구도 자꾸만 경성서 한 번 전시한 다음 귀국하라는 거야. 자넨 어떻게 생각하나?"

타케야마는 턱을 문지르며 말했다. 총독부의 고관이 그랬다면 아마도 일본 사람으로서 떳떳하게 굴어야 한다는 충고였을 것이고, 신문사라면 얘깃거리를 만들자는 의도일 것이다.

"글쎄올시다. 하지만 전시한 뒤가 시끄럽지 않겠습니까?"

너무 어마어마하게 뵈면 일본으로 가져가는 데 지장이 생기지 않겠느냐는 뜻이었다. 타케야마는 빙그레 웃었다.

"지난번 동경에 갔을 때 몇 점 처분을 했지. 돈이 아쉬워서 말이야."

"그러세요? 아무튼 이곳에서 한 번쯤 전시하셔야 될 것 같습니다만."

"어째서?"

"조선 사람들에게 침을 놔야 하니까요."

"침을?"

"침을 놔야지요. 어떻습니까? 선생님이 개인 전시를 하신다면 저도 찬조 출품을 하겠어요."

"나쁘지 않군."

타케야마는 구미가 당기는 기색이었다.

"미리 소문을 낼 필요는 없을 겁니다."

"그건 그래……. 호랑이 항아리도 물론 출품하겠지?"

이창길은 대답을 않고 소리내어 웃었다.

타케야마가 개인 전시회를 갖겠다는 데 찬성한 것은 나름으로 두 가지의 뜻이 있었다. 모르긴 해도 타케야마의 수장 내용이 밝혀지면 골동상인들에겐 물론 일반 애호가들에게도 큰 파문을 던져 주게 된다. 조선 사람들은 지금까지 뭘 하고 있었기에 타케야마라는 일개 일인한테 저토록 보기 좋게 당했느냐는 소리가 절로 일어날 것이다. 그렇게 되면 타케야마와 견줄 만 하나 물건을 찬조 출품한 이창길의 이름이 천 근의 무게를 지니게 될 것이고, 사회적으로도 정평이 나게 마련이다. 아니, 그보다도 이창길의 가슴속에는 타케야마와 한번 공개적으로 겨루고 싶은 욕심이 연중 도사리고 있었다고 할까. 타케야마를 통해서 눈을 뜨고 길을 들인 것은 사실이지만 이제 그의 아류는 아닌 것이며, 일인이 채 깨우지 못한 아름다움을 어지간히 발굴해 냈다고 자부하고 싶었다. 그런 자부를 스스로 확인하자는 것이었다.

우선 출품할 물건을 선택해서 목록을 만들어야 한다. 사진사와 계약도 맺어야 하고 인쇄소도 물색해야 한다. 이런 일이야 골동상에게 하청을 시키면 간편할 텐데도 하나하나 직접 처리해야만 직성이 풀리는 타케야마였다.

그럭저럭 한 달 남짓 걸려서 목록이 나왔다. 새해를 이틀 앞둔 어수선한 *세모였다. 타케야마의 전화를 받고 달려가자 견본을 보여 주었다.

"인쇄는 잘 됐는데 사진이 좀 서툴러."

"괜찮은 것 같은데요."

"아니야. 그릇 가장자리에 어떤 분위기가 감돌아야 해."

"거기까지 바랄 수야 있겠습니까?"

이창길이로서는 목록에서 찬조 출품을 어떻게 대접하고 있느냐가 궁금했다. 아니나다를까, 표지에 찍힌 '이창길 특별 찬조'라는 활자만은 굵직했지만, 책자 맨 끝 장에 네댓 점의 사진을 올망졸망하게 쑤셔 넣고 있었다. 주문대로 사진을 이십 장이나 줬는데 이건 너무하다 싶었다.

"전 이 다섯 점만 내놓을까요?"

"무슨 소리야, 이십 점 다 내와야지. 아, 이 사진 말인가? 매수를 제한하다 보니 이렇게 됐네만, 목록이 문제는 아니지."

"하여간 좋습니다. 저야 이번 선생님 행사의 들러리 격이 아닙니까."

타케야마가 끝까지 이따위로 장난을 친다면 찬조고 뭐고 아예 집어치우고, 같은 날 같은 장소에 따로 한판 차려 놓고 정면으로 겨루어 볼까 싶은 생각도 들었다. 하지만 이모저모로 유익할 것 없는 승부임이 뻔했다. 타케야마와 원수지는 것은 두렵지 않다 치더라도 일인 골동상인들이 한데 똘똘 뭉쳐서 무시하고 헐뜯고 흉보고 할 것이었다. 결국 조선 사람 애호가들 사이에서는 화제가 될지언정 타케야마와의 대결에선 참혹한 패배밖엔 돌아올 것이 없었다.

"겸손의 말씀. 이를 테면 자네와 나와 이십 년간의 우의를 하나의 결실로서 만천하에 알리고, 또 *내선일체의 본보기가 되자는 것이야."

타케야마가 이렇게 능청을 떨었다.

"와타나베 씨에게도 초청장을 보내는 게 어떨까요?"

이창길은 며칠 전 와타나베한테서 온 편지가 생각났다. 와타나베의 편지는 전번 경성을 방문했을 때 분에 넘치는 대접을 받아서 고맙다는 인사였다. 타케야마와 이창길의 수장품을 속속들이 구경한 사람은 와타나베 하나뿐이었다. 전시회를 갖게 되었다는 소식을 전하면 만사 제쳐놓고 달려올 것이고, 와타나베 정도의 안목이라면 공정한 입장에서 평가를 내려 줄 것이다.

이듬해 이월 초에 미츠코시 백화점 화랑을 쓰기로 계약을 맺자, 전시회 준비는 대충 끝난 셈이었다. 기왕 일반에게 공개하기로 작정한 바엔 널리 선전할 필요가 있다고 해서 신문에 광고를 내기로 했다.

키무라 경부한테 얻어먹은 술은 한 차례 갚았지만, 달갑지 않으나마 교분이 생긴 터에 양력설을 그냥 넘길 수도 없어서 안내장을 돌릴 겸 자택으로 찾아갔다. 귤 한 상자를 들여놓고 응접실에 들어가자, 먼저 온 손님 두 사람하고 술을 마시고 있던 키무라 경부가 반갑게 일어서며,

"이거 귀한 손님이 오셨군."

이창길의 손을 붙들고 옆방으로 안내해 주었다. 다다미 위에서 일본식으로 신년 인사를 교환한 후 안내장을 내놓았다.

"타케야마 선생에게 들어서 알고 있네. 아무튼 대견스런 일이야."

"모두 다 경부님 덕분이 아닙니까."

호랑이 항아리 한 점만 뺀 아홉 점을 고스란히 이즈미 형사를 거쳐서 넘긴 뒤로 처음 만난 자리였다. 그 안에서 몇 점이 타케야마한테 샜는지 알 도리는 없지만, 키무라 경부의 몫이 과연 얼마나 됐는지 궁금증이 나기도 했다.

"경부님, 저어, 분청연화유문병 기억나십니까?"

이창길은 넌지시 물었다.

"버드나무를 그린 미시마 말인가?"

"그리고 포도무늬의 철사 항아리도 생각나십니까?"

"알만 하군."

두 가지 모두 그때 타케야마와 한판 붙어서 인수했다가 도로 뺏긴 다섯 점 중의 알짜였다. 좀더 내력을 캐자면 물론 호리꾼 · 이창길 · 타케야마, 이런 순서로 넘어갔던 물건이다. 그놈의 아홉 점

일랑 보나마나 타케야마와 키무라 경부가 반씩 갈라먹었을 것이다. 키무라 경부도 도자기를 좋아하지만, 돈보다 더 좋아하는지는 의문이었다.

"사건은 잘 마무리가 됐을 테지요?"

"충청도 말인가? 공주 경찰서에 조회해 봤더니 대수롭지 않은 사건이더군. 잘 됐을 거야."

"기왕지사 경부님 신세를 졌으니, 한 번 더 청을 드릴까 해서 말입니다. 다만 한두 점이라도 건질 수 있다면 평생 은혜로 알겠습니다."

"그게 무슨 소리야?"

"장물로 압수당한 것도 있고, 또 원임자한테 돌아간 것도 있지 않겠습니까? 압수품이야 어떻게 할 수는 없을 테지만, 그렇지 않은 물건이라면 조만간 다시 돌기 시작할 게 아닙니까. 해서 경부님께 주선 좀 해 주십사 하는 겁니다. 값은 동경 시세로 치고, 말씀 올리기 송구하지만 따로 사례도 하겠습니다."

그러면서 키무라 경부를 뚫어지게 쳐다보았다. 키무라 경부의 양미간에 약간 낭패한 빛이 스쳤다.

"그런 건 이즈미한테 부탁할 일이야."

"아닙니다. 기백 원짜리 거래라면 몰라도 이런 경우엔 신뢰할 만한 분을 통해야 하니까요."

"생각해 보기로 하지."

"타케야마 선생이 아시면 섭섭하게 여길지도 모르지요. 하지만 아무리 가까운 사이라도 이런 얘기는 할 수 없는 게 골동의 세계 아니겠습니까."

"그런가."

"경부님만 믿겠습니다. 일단 딴 데로 흘러가면 여간해서는 기회가 다시 오지 않습니다. 될수록 서둘러 주시면 고맙겠습니다만. 그럼 이만 실례하겠습니다."

이창길이 큰절을 하고 나서 복도로 나갈 때까지 키무라 경부는 끝내 말이 없었다. 그러나 이창길은 키무라 경부의 마음을 훤히 읽을 수 있었다. 적어도 그런 확신을 품을 수 있었다. 경찰관으로서는 비싼 물건을 가지고 있어도 처분이 곤란하다. 또 수장품을 남에게 자랑할 처지도 못 된다. 타케야마처럼 혼자 숨어서 즐길 정도로 빠져 있는 것도 아니다. 그러저러한 사정으로 봐서 이편 흥정에 응하지 않고서는 못 배길 것이었다.

전시회 이틀 전에야 키무라 경부로부터 희소식이 왔다. 그러니까 일주일이나 결심을 못 하고 망설였던 모양이었다. 아니면 일부러 그만한 여유를 두었는지도 모른다. 키무라 경부가 내놓은 물건은 놀랍게도 버드나무 분청과 포도무늬의 철사 두 개였다.

"어떻게 그렇게 제 심정을 잘 알아주십니까."

"그편에서 값도 나한테 일임한다는 걸세."

"더욱 잘 됐습니다."

"한데 나야 뭐 아나. 경성 시세고 동경 시세고, 자네가 적당히 알아서 하게."

이창길이를 신용하기 때문이기도 하나, 가격을 운운하지 않는 것만은 제법이었다.

"무어라고 감사의 말씀을 드려야 할지."

"타케야마 선생한테 잠자코 있어야 하네. 오해를 사면 곤란하니까."

용의주도한 키무라 경부라, 타케야마와 갈라먹었을 때에도 좀도둑이 훔친 세간 나누어 가지듯 하지는 않았을 것이다. 피차 뻔히 알고 있으면서도 체면상 위장을 했을 터였다.

다음 날 이창길은 백 원짜리 서른 장을 싸 가지고 갔다. 도자기 값이란 작자 만나기에 달려 있지만, 비슷한 것과 견주어서 대강의 윤곽은 잡히기 마련이다. 이창길이의 주관으론 철사가 천 원, 분청이 천오륙백 원 정도였으나 동경 시세를 감안해서 삼천으로 채웠다.

"내일이군."

키무라 경부는 돈을 세어 보지도 않고 책상 서랍에 넣은 다음 전시회 얘기를 끄집어 냈다.

"경부님도 오셔서 테이프를 끊어 주십시오."

"난 어울리지 않아. 핫핫……."

키무라 경부는 너털웃음을 터뜨렸다.

"천만에요. 누가 정복을 입고 오시랍니까? 타케야마 선생도 경부님이 참석하시기를 원할 겁니다."

전시회 개막 시간은 오후 한 시였다. 신문에 광고까지 냈다고는 하지만, 아직도 도자기란 극소수의 수장가나 애호가들 사이의 관심거리여서 개장부터 만원을 이룰 수는 없었다. 그래도 장소가 장소인 만큼 지나가는 구경꾼들까지 합쳐서 사오십 명 가까이 개장식에 참석한 셈이었다.

고미술 친목회장이란 일인이 나와서 축사를 했다. 타케야마 선생으로 말하자면 삼십 년간을 조선에서 살며 조선을 사랑하면서, 아무도 거들떠보지 않던 조선자기의 미(美)를 발굴하여 오늘날 동양 삼국의 고미술계에 선풍을 일으킨 분이라고 극구 칭송했다. 그러면서 선생이 심혈을 기울인 수집품을 한자리에 진열하게 된 오늘의 성사를 깊은 감동과 더불어 축하한다고 했다. 평소 골동상 상대를 안 하던 타케야마이지만, 이런 행사 땐 감초가 필요했기에 축사를 부탁했을 것이다.

박수 소리가 멎자 타케야마와 친목회장이 테이프를 끊었다. 사복 차림의 키무라 경부의 얼굴도 보였다.

관계자 네댓 사람이 앞장서서 진열대를 한 바퀴 돌고 있는 참이었다. 오른편 중간쯤 해서 타케야마의 발걸음이 문득 멎었다.

"아니, 이게 어찌 된 영문이야!"

호랑이 항아리 다음으로 버드나무 무늬의 분청병이 놓여 있지 않은가. 키무라 경부의 얼굴도 창백해졌다.

"바빠서 말씀드릴 기회가 없었습니다만, 제 찬조 출품이 좀 초라한 것 같아서 근자에 입수한 것 다섯 점을 보탰지요."

이창길은 곁에서 아무렇지도 않게 말했다. 목록을 쥔 타케야마의 손이 부들부들 떨리고 있었다.

"목록에도 소개하지 않았는데 이게 무슨 짓인가."

"추가 찬조 출품이라고 해서 따로 박았지요."

그러면서 이창길은 안내석 책상에 쌓인 인쇄물 한 장을 집어다 주었다. 하나하나 대조해 볼 나위도 없이 문제의 다섯 점 그대로였다. 이창길은 이날 오전 중에 주최 측에 연락해서 찬조 출품을 추가하겠다고 알리고, 직접 전시장으로 물건을 운반했던 것이다.

"이 군, 사람이 이럴 수가 있나."

키무라 경부가 이창길이를 구석으로 데리고 가서 힐난하듯 말했다.

"경부님께서 걱정하실 건 없습니다."

"내 입장이 뭐가 되나."

"제가 좀 여흥을 한 것뿐이지요. 타케야마 선생도 양해하실 겁니다."

하긴 양해고 자시고 일단 공개된 마당에 시비를 걸어 찬조를 중지시킬 도리도 없는 일이었다.

골동상인 몇이 수군수군하며 이리저리 몰려다니고 있었다. 아무래도 특별 찬조품에 더 흥미를 느낀 모양이었다. 그럴 수밖에 없었다. 워낙 물건도 특출했지만, 추가라고 해서 따로 안내장을 마련한 것이 더욱 연출의 효과를 낼 수 있었다. 더구나 호랑이 항아리와 포도철사는 장내를 압도하는 감이 있었다.

“선생님이 오해하시면 곤란합니다. 자세한 말씀을 드리겠으니.”

하며 이창길은 타케야마를 아래층 휴게실로 안내했다.

“불순한 동기가 있어서 이런 일을 꾸민 것은 결코 아닙니다.”

이창길은 이렇게 말문을 열었다. 타케야마는 현기증이 일어나는 듯 잠시 눈을 감고 소파에 기대었다.

"키무라 경부와는 아무런 관계가 없습니다. 제가 아는 길을 통해서 사들였지요. 미리 선생님께 보고드리지 못한 것은 제 실수입니다만, 조선 사람도 이런 정도는 가지고 있다는 사실을 한번 보여 주고 싶었던 겁니다. 제 심정을 이해해 주십시오."

그제야 타케야마는 눈을 뜨고,

"자넨 지독한 사람이야. 하지만 그따위 잔꾀로 나를 꺾으려고 해야 어림도 없어. 나를 골탕먹이자는 속셈이었겠지만, 자네가 이런 식으로 나가는 한 도자기를 진정으로 이해할 수는 없을 것이야. 그건 정도가 아니야."

타케야마의 눈은 증오로 이글거리고 있었다. 그러면서도 체면을 잃지 않으려고 무던히 자제하고 있는 것 같았다.

"선생님을 꺾어 보려고 한 것은 아닙니다. 선생님은 선생님의 취미대로 모으셨고, 전 저 나름대로 했을 뿐이니까요."

이창길이의 말은 여전히 공손했으나, 처음으로 타케야마를 일대일로 대하는 여유가 있어 보였다.

와타나베가 나타난 것은 이튿날이었다. 아침부터 전시장에 나와 있는데 자그마한 여행 가방을 든 채로 들어섰다.

"막 기차로 도착한 참입니다. 좀 일찍 출발한다는 것이 이렇게 늦어서 안됐습니다. 한데 타케야마 선생은 안 보이는군요."

"오늘은 아직 안 오셨습니다. 제가 안내를 하지요."

이창길이가 목록 전부를 건네주고 앞장을 섰다.

"아, 바로 이거로군요."

와타나베는 호랑이 항아리 앞에서 탄성을 질렀다. 그러자 포도철사를 보고는 물었다.

"아니, 타케야마 선생 댁에서 구경한 물건인데? 양도를 받으셨나요?"

"그렇게 된 셈이지요."

이창길은 모호하게 웃었다.

"하지만 두 분끼리만 왔다 갔다 하면, 우리 같은 사람은 평생 이런 거 한두 점 만져 볼 수 있겠습니까?"

"별말씀을……."

와타나베는 한 점 한 점을 파고들듯이 노려 보곤 했다.

"이 전시회를 동경서 가졌다면 굉장했을 겁니다."

"와타나베 상, 찬조 출품이 어떻습니까? 타케야마 선생의 이름을 더럽히지나 않을까 걱정이 돼서요."

"솔직히 말씀드리자면 수장품이 한 급 위인 것 같습니다. 타케야마 선생 것보다 폭이 넓습니다."

이 말을 들은 이창길은 여느 때 그답지 않게 낯을 붉혔다.

"와타나베 선생의 안목에 대해선 전부터 존경해 왔지요. 영광입니다."

사람은 때로 본인 자신을 칭찬하는 것보다 가진 물건을 칭찬하는 편이 더 기분 좋을 때가 있다. 더군다나 문자 그대로 천신

만고 끝에 만들어 놓은 열매들이 아닌가.

무심히 발걸음을 옮기는 저 구경꾼들은 그릇 하나하나에 맺힌 깊은 사연을 알지 못한다. 물욕과 집념과 애착이 뒤엉킨 그릇의 마력, 그런 진득진득한 사람의 감정을 통째로 집어삼키고 천연덕스럽게 앉아 있는 병과 항아리들.

이창길은 와타나베를 붙들고 밖으로 나왔다. 여관까지 따라가서 잠시 쉬었다가 단골 기생집으로 데리고 갔다. 오늘따라 실컷 마시고 정신 없이 취하고 싶었다. 이창길의 호의를 와타나베는 잘 이해하지 못했을 것이다. 전시회의 성공을 자축하기 위한 술자리라면 마땅히 타케야마를 불러야 하는 게 아닌가. 그러나 와타나베도 뭣인가 두 사람 사이에 미심쩍은 구석이 있다는 것을 눈치채고 있었다. 어지간히 술기운이 들기 시작하자 와타나베는 슬그머니 물었다.

"타케야마 선생이 비장하던 일품을 어떻게 용케 넘겨받으셨군요."

"와타나베 상! 내 자세한 얘기는 할 수 없어요. 하지만 이것 한 가지만은 분명히 말씀드릴 수가 있습니다."

뜻밖에 이창길은 정색을 하며 말했다.

"조선의 그릇이 당신들 일본 사람의 눈으로 햇빛을 보게 된 건 사실이지요. 내 경험으로 본다면 조선 도자기를 좋아하는 일본인 중엔 대강 두 가지 종류가 있습니다. 좋지 않은 면만 말입니다."

"좋지 않은 면이라니요?"

이창길은 와타나베를 흘끔 쳐다보고 나서 말을 이었다.

"첫째는 어떤 우월감을 가지고 그릇을 수집하는 사람이 있습니다. 본시부터 일본 사람이 마음대로 할 수 있었던 것처럼 착각을 하고 있는 셈이라고 할까. 그저 수단방법을 가리지 않고, 좋은 물건을 가질 수 있는 자격은 일본 사람뿐이라는 생각이라고 해도 좋습니다."

와타나베는 잔을 놓고 이창길의 말에 귀를 기울이고 있었다.

"또 한 가지는, 그 무지몽매한 조선 사람에게 이런 희한한 재주가 있었다니 놀라운 일이다, 하는 감정이지요. 그런 감정이 제대로 들기만 하면 조선 사람들에 대한 연민이나 동정으로 변합니다. 연민의 눈으로 조선의 그릇을 본다는 말이지요. 와타나베 상, 당신이 그렇습니다."

"내가?"

와타나베는 사뭇 낭패한 기색으로 되물었다.

"나쁜 뜻으로 말씀드린 건 아닙니다. 전자에 대면 얼마나 고마운 일입니까. 하지만 우리로서는 제발 어떤 선입견을 가지고 조선의 도자기를 보지 말아 달라는 얘깁니다. 아시겠어요?"

와타나베는 대답이 없었다. 그러나 불쾌한 침묵은 아닌 것 같았다.

"그러니까 일본 사람이 조선 그릇에 빠지게 되면 정말 징그러울 정도가 됩니다. 조선 사람으로선 그런 동정이 필요 없어요. 타케야마 선생도 처음엔 그런 동정에서 출발했는지도 모릅니다. 그런데 차츰 욕심을 내다 보니 유아독존이 된 거지요. 여기엔 우리들의 잘못도 큽니다. 워낙 못살기 때문이라고는 하지만, 자기 물건을 자기가 우습게 아는 거지요. 바꿔 말하면 조선 사람 자신이 일본 사람을 그렇게 만들었다고 할 수 있습니다."

이창길은 그래도 하고 싶은 말이 미진한 모양이었다.

"리 상의 말씀은 잘 알 수 있습니다. 내 가슴속에도 조선 사람이 가엾다는 마음이 없지는 않아요. 그러나 역시 조선의 도자기는 그 자체로서 무한한 아름다움이 있는 겁니다. 난 그렇게 믿어요. 나도 한마디 리 상께 충고를 드리자면, 너무 그런데 구애하시지 말라는 겁니다. 일본 사람을 지나치게 의식할 필요가 없다는 것이지요."

이번엔 이창길의 표정이 굳어졌다. 와타나베의 충고가 뭘 뜻하는지 너무도 잘 알 수 있기 때문이었다.

"가장 아픈 데를 찌르셨군요. 나로서는 이번 전시회가 하나의 고비입니다. 앞으론 와타나베 상 말씀대로 일본 사람의 눈에 구애되지 않을 겁니다."

그러고는 와타나베가 건넨 잔을 단숨에 비웠다.

"생각해 보세요. 이젠 타케야마 선생을 비롯한 일본 사람들하고 겨룰 필요가 없으니까요. 와타나베 상께 이런 얘기를 늘어놓은 건 내 심정을 충분히 이해해 주시리라고 믿었기 때문이지요. 자, 우리 한 군데 더 가십시다."

그날 밤 두 사람은 본정통으로 해서 종로 뒷골목까지, 술집을 세 군데나 돌아다녔다. 헤어질 무렵, 와타나베는 혀 꼬부라진 소리로 동경에 꼭 한번 놀러 오라고 했다. 이창길은 장차 내 아들놈이 동경으로 유학가거든 잘 부탁한다고 농을 걸기도 했다.

자정이 넘어 집으로 돌아오니 이 노인이 중태에 빠져 있었다. 초저녁에 의사가 다녀갔고, 이창길이를 찾기 위해 타케야마 댁을 비롯해서 몇 군데 연락을 취했었다는 아내의 말이었다.

아버지는 혼수상태였다.

"두 시간쯤 전에 당신 이름을 부르셨는데……."

그러고 보니 전시회장에서 와타나베와 만난 이후 집엔 전화도 걸지 않고 줄곧 쏘다녔다.

새벽녘에 의식을 회복한 이 노인은 아들의 손을 더듬었다.

"창길아, 이번엔 글렀다. 내 명은 내가 안다."

"아버지, 그런 말씀 마시고 더 사셔야 합니다."

"아니다. 네가 이만큼 자수성가했으니 아무런 한이 없어. 창길아, 네가 아끼는 그릇 몇 점을 가져오너라."

숨을 거두기 전에 아들이 모은 그릇을 다시 한 번 보고 싶다는 뜻이리라. 그중 아끼는 물건은 지금 전시회장에 나가 있었다. 창길이는 약간 당황해서 아버지 눈에 어울릴 성싶은 그릇을 골랐다. 여남은 점을 날라다 놓고,

"이 대접 생각나시지요? 아버지께서 만드신 겁니다. 일인들이 탄복을 하고 있어요."

하며 천 자 대접을 보여 드렸다. 이 노인은 간신히 머리를 끄덕였다. 가지런히 떨리는 손이 두어 번 그릇의 살갗을 쓰다듬었다.

"네 덕에 호강을 했다. 하지만 이제 아무도 이전 사기그릇을 만들 사람이 없다고 생각하니 답답하고 서운하구나."

"아버지, 전 아버지처럼 사기그릇을 만들 줄은 모르지만 사기그릇이 어떻다는 것을 알았습니다. 사기장이 집안이 아버지 대로서 끊어진 게 아닙니다."

이창길은 자기 자신에게 타이르듯 중얼거렸다. 지난 이십 년간의 세월이 몇 토막의 영상 속에 담겨지듯, 아스라한 기억들이 한

데 얽혀서 떠올랐다. 화창한 봄날의 분원마을, 하늘로 치솟는 가마의 연기, 그리고 강한 진흙내도 물씬 풍겨 온다.

이 노인은 다시 의식을 잃었다. 숨이 가빠지고 가래 끓는 소리가 들리기 시작했다. 마침내 가래 소리가 가라앉고 숨이 멎었다. 싸늘한 죽음의 기운이 이 노인의 얼굴을 덮었다. 어머니가 방바닥을 두드리며 통곡을 시작했다. 이창길은 눈물이 나오지 않았다.

아버지의 장사는 오일장으로 정했다. 작년, 분원 가마자리 뒤편 야산을 네댓 정도 장만했을 때 산소 자리를 봐 두었기 때문에 *장지를 걱정할 필요는 없었다.

아버지 밑에서 일하던 고패수 한 사람에게 기별하고 유해가 도착하는 즉시 하관을 할 수 있게끔 단단히 부탁했다. 골동상인치고는 교제가 넓은 편이 아니었지만, 그럭저럭 조문객이 끊이지 않아 호상이라고 할 만했다.

조문객 중에는 타케야마, 와타나베는 물론, 요시다와 키무라 경부도 끼어 있었다. 공주서 김문태가 나타난 것은 나흘째 되는 날이었다. 김문태에겐 부고를 띄우지 않았는데도 용케 알고 달려온 것이다. 이창길이로선 김문태한테 듣고 싶은 일이 한두 가지가 아니었다.

조문이 끝난 다음 김문태를 불러 물었다.

"어떻게 알고 찾아왔나?"

"엊그제 경성을 다녀온 호리꾼이 얘기해 주더군요."

물건을 가지고 올라와서 고물상에 들렀다가 소식을 알았을 것이다.

"하여간 고맙네. 자넨 별 탈이 없었나? 난 욕 좀 봤지."

"말씀을 들었습지요. 그만 하신 게 불행 중 다행입니다요."

"자네도 마찬가지야. 그 경찰에선 성가시게 굴지 않던가?"

"아, 글쎄 제 얘기 좀 들어보세요."

김문태는 쓴 입맛을 다시고 계속했다.

"공주 경찰서에서는 증거 불충분이라나 뭐라나 해서 흐지부지되고 말았는데, 하루는 요시다란 자가 우리 집을 찾아와서 하는 말이, 만사 타케야마 선생이 돌봐 주어서 잘 해결이 됐으니 염려할 것 없다고 그럽디다. 그러면서 앞으로 호랑이 항아리 같은 물건이 나오면 자기한테 가져오라는 겁니다. 비싸게 사 주겠다나요. 내 참! 이놈들이 처음부터 무슨 꿍꿍이속이 있어서 그랬던 것 같습니다요."

"공동하는 사람치고 악인은 없다네. 그만 해도 괜찮은 일인들이야."

김문태를 붙들고 그간의 자초지종을 장황하게 늘어 놓을 수도 없어 이렇게 얼버무리고 말았다.

전시회는 이 노인이 돌아간 이틀 후에 끝났으므로 출품했던 그릇을 찾아다가 영정에 진열해 놨다. 상제로서는 고인의 명복

을 빌기 위해 한 일이었겠지만, 도자기를 아는 문상객들이야 눈이 휘둥그레지지 않을 수 없었다. 아무튼 도자기가 가득 찬 빈소에서 상복을 입고 서 있는 이창길이의 모습은 여간 자상한 마음씨의 효자가 아닌 듯했다.

발인 전날 봄에 다시 들른 타케야마는 고인에겐 들리지 않도록 귓속말로 소곤거렸다.

"이 군, 저 물건들을 *명기(明器)로 삼을 작정인가?"

"그럴까 해서요."

"그런 법이 있나, 이 사람아. 고인은 고인이고 저런 끔찍한 물건을 땅속에 묻는 수야 있나. 다시 생각해 보게."

이창길이가 시치미를 떼자, 타케야마는 우거지상이 돼서 하소연하듯 말하는 것이었다.

이창길은 웃음이 치밀어 참을 수가 없었다. 난데없는 웃음 소리가 초상집 마당에 가득 찼다. 타케야마는 더욱 낭패한 표정이 되었다.

"아버님께 효도하는 것은 좋지만, 그렇게까지 한다는 건 이성을 잃은 처사야. 예도 과하면 되려 욕이 되는 걸세."

이창길의 눈에 타케야마가 이때처럼 비참하게 보인 적은 없었다. 그건 남의 집 제사에 감 놔라 배 놔라 하는 참견 따위와는 다른 것이었다. 비록 제 소유는 아닐지라도 참견을 않고는 못 배길 그런 심리란 그릇에 미친 사람끼리라면 십분 이해가 가고도 남음이 있었지만, 타케야마의 낭패해하는 모양이 너무나 어이없었다.

영구차를 불러서 육로로 관을 운반하기로 했다. 발인하는 아침, 뜻밖에 와타나베가 장지까지 따라가겠노라고 했다. 분원마을에 산소를 쓴다는 말을 듣고 가마자리를 구경할 겸해서 가 보겠다는 것이었다. 이렇게 되니까 타케야마도 피할 수가 없게 됐다 싶었는지 영구차에 올라탔다.

육로를 택하자면 인도교를 건너서, 거의 삼십릿길이나 돌아가야 한다. 점심때쯤 해서 도마리 고개를 넘어 분원 들판에 들어섰다. 마을 사람들이 상여를 메고 냇가에 마중 나와 있었다. 자동차로는 내를 건널 수가 없었다. 마을 제일의 부자가 된 이창길의 장사였다. 위아랫동네서 총동원되다시피 늑장을 부리는 상여 주위에 몰려들고 있었다.

하관하기 전에 타케야마가 이창길을 붙들고 물었다.

"그 물건들은 정말 관 속에 넣었나?"

이창길이가 대답을 않고 고개를 내젓자 타케야마는 안도의 한숨을 내쉬었다.

산마루에 큰 가마를 걸어 곰국을 끓이고, 막걸리 동이를 나르는 짐꾼이 종일토록 끊어지지 않았다. 어슬어슬해서 흙을 쌓아 올린 다음 제를 지냈다. 서울서 따라온 손님들도 어차피 하룻밤을 묵지 않을 수 없게 되었다.

타케야마와 와타나베는 전시회 얘기를 주고받는 모양이었다.
"그럼 선생님께선 곧 귀국하시게 되겠군요."
"글쎄, 그런 계획으로 전시회도 가졌던 건데 이 노인의 장사를 치르고 나니까 심경이 좀 달라져서 말이오……. 와타나베상은 이 군의 찬조 출품을 보고 어떻게 생각하셨소?"
"굉장하더군요. 그런데 선생님 댁에서 *배견했던 물건이 네댓 점이나 있기에 놀랐습니다만, 양도하신 겁니까?"
"뭐, 그런 거지요. 하지만 내 본의는 아니었소. 이 군은 내가 길러 낸 사람이요. 이 군의 집념에 내가 진 셈이지. 고배를 마시고 돌아가고 싶지는 않으니까."
"고배라니요?"
"조선 사람은 겉으로 순해 뵈도 엉뚱한 데가 있으니까 당신도 경계해야 할 거요."
물론 와타나베는 두 사람 사이의 곡절을 전혀 모른다.
"타케야마 선생께 제가 한 말씀 드리겠는데, 조선 사람이 조선의 도자기에 그처럼 집착을 갖는다는 건 오히려 당연한 일 아니겠습니까?"
"거야 그럴 테지. 하지만 그놈들의 눈을 뜨게 한 건 우리 일본 사람이란 말이야. 이걸 알아야 해."
숙소로 정한 초가집 골방에서 이런 입씨름을 벌이는 두 사람이었다.

이튿날 이창길은 옛집을 찾아가 보았다. 집주인은 어렸을 적에 같이 흙일을 하던 사기장이지만, 이젠 논 댓 마지기를 붙여 먹고사는 농군이었다.

"이번엔 여러 가지로 도와 주어서 고맙네……. 혹시 자네 집 헛간에 쌓였던 사금파리 그냥 있나?"

"작년에 대강 치웠는데, 왜 그러나?"

"혹시 남아 있다면 좀 얻으려고 말일세."

집주인은 헛간에 들어갔다 나오더니 사기조각 몇 개를 쥐고 나왔다.

"두어 삼태기 됨 직하네."

"아버님이 모으셨던 거야."

이창길은 집주인과 함께 사금파리를 아버지 산소로 날랐다. 새로 입힌 잔디 위에 그걸 뿌렸다. 눈부시게 쏟아지는 햇살을 받아 사기조각 하나하나가 보석처럼 빛났다.

마침 와타나베가 올라오면서 손을 흔들었다.

"아버지가 손수 수집하신 사금파리지요. 관 속에 넣어 드리지 못해 서운합니다. 대신 아버지가 만드신 천 자 대접을 넣었지만요."

"조선 최후의 도공이라……."

와타나베는 감회어린 표정으로 중얼댔다.

"참, 분원 가마자리를 안내해 드리지요."

고래등 같은 가마가 다섯이나 늘어섰던 언덕배기 위로 초등학교 교사가 신축 중이었고, 운동장 공사에 밀린 흙더미가 가마자리를 반쯤 가리고 있었다.

"한두 개는 보존할 만한 가치가 있을 텐데, 저렇게 내버려 두다니 알 수 없는 일이군요."

"글쎄, 총독부에서 그렇게 시킨다면 몰라도 이 마을 사람들부터가 도무지 관심이 없으니까요."

이창길은 씁쓸하게 말했다. 그러면서 일본 사람들이 몇 차례 분원 가마를 부활시키려고 애를 썼지만, 돈만 버리고 말았다는 얘기를 들려 주었다.

"타케야마 선생도 한 번 시험한 일이 있었지요."

"그래요?"

"역시 실패였어요. 그처럼 단순한 기술을 어째서 되살릴 수가 없는지, 이상하지 않습니까?"

"기술보다도 다른 무엇이 문제가 아니겠습니까?"

"그렇습니다. 그게 무엇인지는 분명치 않지만……. 한데 와타나베 상은 언제쯤 떠나시렵니까?"

"글쎄, 곧 가긴 가야 하겠는데 뭔가 자꾸 나를 붙드는 것 같군요."

"그게 바로 조선그릇의 혼백일 겁니다."

두 사람은 함께 웃었다.

"하긴 우리 조선 사람들은 그릇을 오래 쓰면 귀신이 붙는다고 믿었지요. 그래서 고물 그릇을 꺼렸어요. 새것을 사서 쓰고, 버리고 또 사들이고 버리고 했던 겁니다."

"그 속에서 기막힌 물건이 나왔으니 정말 신기한 일이군요."

"내가 와타나베 상을 경성까지 모셔다 드려야 할 텐데 한 이십 일간 이곳에서 아침 저녁으로 고인께 음식을 올려야 됩니다."

"타케야마 선생과 동행하기로 했으니 제 염려는 마세요."

그날 밤 이창길은 두 일인을 위해서 술자리를 마련했다. 와타나베의 송별연인 셈이었지만, 이창길 자신도 타케야마에 대한 감정을 이 기회에 깨끗이 청산하고 싶었다.

이창길은 이십 년 전 이 마을에 처음 나타났을 때 타케야마의 모습이 떠올랐다. 그는 다른 일본 사람들처럼 교만하게 굴지를 않았다. 사기장이들을 아끼고 마을 노인들에겐 친절했다.

어쨌든 타케야마를 빼놓고 자기의 팔자를 고쳐 준 사람이 달리 없다는 것을 이창길은 새삼스럽게 돌이켜 본다. 타케야마가 이창길이를 이용해 먹은 건 사실이지만, 어느 때부턴가 이용당하는 척하면서 제 실속을 차릴 줄 알았던 이창길이기도 했다. 호랑이 항아리로 하여 의가 상한 것도, 따지고 보면 둘 다 조선 그릇에 완전히 미쳐 버린 때문이었다. 이제 그런 착잡한 감정을 씻어 버릴 때가 온 것이다.

"타케야마 선생, 전시회의 일은 제가 사과를 올려야 하겠습니다. 선생님에게 지고 싶지가 않아서 제가 꾸몄던 일입니다."

이창길은 낮에 가마자리에서 주워 온 이빠진 사발에 막걸리를 따라 타케야마에게 돌렸다. 타케야마는 그걸 단숨에 들이켰다.

"아니야. 이 군이 그렇게 말하면 난 더구나 면목이 없네. 이 군한테 당한 보복이 아니고 조선 사람 전부한테 당한 당연한 보복이었어. 전시회 일을 나는 그렇게 생각하지……. 나야말로 불순한 마음으로 자네를 괴롭혔던 과거를 사과하지 않을 수가 없네."

두 사람의 대화를 묵묵히 듣고 있던 와타나베가 한마디 참견을 했다.

"조선자기의 본고장에 와서 조선자기의 무심함에 돌아간다.

얼마나 멋이 있는 애깁니까? 나도 많은 걸 배웠지요. 두 분께 감사를 올립니다.”

“하긴 그릇을 보는 눈도 이런 경험을 통해서 단련이 되는지 모르지요.”

이창길이의 대꾸는 실상 자기 자신에게 들려 주는 말 같았다. 그릇에 대한 탐욕과 집착으로 끈적끈적하게 엉기었던 가슴속이 환히 트이는 심정이었다.

어쩌면 그런 탐욕과 집착이 두 번째의 개안(開眼)을 방해하고 있었는지도 모른다. 아니, 두 번, 세 번……. 아름다움을 보는 시력에 한정이 있을 리가 없다.

이창길은 자기가 가지고 있는 그릇들을 하나하나 그려 보면서 스스로 어제와 다른 느낌인 것을 깨닫고 있었다. 한없이 값지고 귀중한 물건이긴 하나, 어느 한 사람의 노리개일 수는 없다. 임시로 보관만 하고 있을 따름이지 조선 사람 전부의 수장품이고, 또 조선그릇을 사랑하는 사람 전부의 소유란 생각이 들었다.

“나도 앞으론 내 물건을 되도록 공개하고 조선자기에 대한 소개에 진력할 작정이야. 와타나베 군과 같은 애호가들과 협조하면 얼마든지 뜻있는 사업을 벌일 수가 있을 거야.”

“사업이라니요?”

“동경에 전시관을 만들고 내 수장품을 기증해도 좋지.”

타케야마의 말은 취담 같지가 않았다.

"선생님께서 그런 의향이 계시다면 나도 호랑이 항아리를 내놓겠습니다."

다음 날 아침, 이창길은 두 사람을 분원 나루터까지 배웅했다.

이창길은 *삼칠제를 치르고 경성으로 돌아왔다. 타케야마 댁으로 인사를 가니까 그동안에 집도 처분이 돼서 이삼 일 후면 귀국할 수 있게 되었다는 것이다.

마침 타케야마는 아래층 진열실에서 이삿짐을 꾸리고 있는 중이었다. 요시다가 일꾼들을 데리고 와서 도와 주고 있었다. 그릇을 하나하나 솜으로 싸서 나무 상자에 넣고 노끈으로 잡아맨다. 그걸 나무 궤짝 속에 틈새가 나지 않도록 챙겨 넣은 다음 뚜껑을 못질한다. 잘해야 궤짝 하나에 이십 점 정도밖엔 들어가지 않으니까 모두 해서 열 개는 짜야 할 판이었다.

"잘 왔네. 그러지 않아도 의논할 일이 있었어."

타케야마는 이창길이를 객실로 안내했다.

"이번 선친 장사 때엔 신세를 많이 졌습니다."

"천만에. 내 얘기는 다름이 아니고, 귀국을 하더라도 이곳과 인연을 끊을 수는 없는 일 아니겠나."

"거야 그러실 테지요."

"나도 가끔 경성으로 놀러 오겠지만, 좋은 물건이 나오거든 그때 그때 기별해 주게."

"아니, 이 이상 뭘 어떻게 더 수집하신다는 겁니까?"

이창길은 어이가 없다는 듯 웃었다.

"오해를 하면 곤란하네. 전번에도 잠깐 말했지만, 와타나베 씨와 함께 조선 *도예관 같은 걸 세우기로 했어."

수장품 일부를 팔고, 그래도 모자라면 *독지가들의 기부도 받고 해서 건물을 하나 마련할 수 있을 것이고, 또 관리비는 입장료 수입으로 충당하면 넉넉할 거라는 얘기였다. 독지가들의 기부를 받고 어쩌고 하는 대목이 이창길의 가슴에 걸렸다. 가능하면 자네가 좀 도와 줄 수 없겠느냐는 말귀일 듯도 싶었다. 또 무슨 꿍꿍이 수작을 벌이려는 것이 아닌가 의심도 없지는 않았지만, 그러기엔 타케야마의 태도가 너무나 진지해 보였다.

"타케야마 선생, 모처럼 선생님의 말씀인데 제가 모른 체할 수야 있습니까. 나도 약간 기부금을 내지요."

"그런 뜻으로 얘기한 것이 아닐세. 자넨 그럴 필요가 없어."

타케야마는 좀 당황해서 손을 내저었다.

"아닙니다. 그런 걱정일랑 마시고 저에게 맡겨 주십시오."

"정 자네가 그렇다면 내 조건을 하나 내놓겠어."

"뭡니까?"

타케야마는 선뜻 입을 열지 못하더니 한참 만에 낯을 붉히면서 말했다.

"자네 호의를 이용하자는 건 아니야. 하지만 자네가 키무라 경부를 통해 입수한 물건 중에서 두어 점만 양보해 줄 수는 없을까? 사실은 그게 자꾸만 꿈속에 어른대서 잠도 잘 자지 못할 지경이야."

버드나무 분청과 포도철사에 대한 미련을 버릴 수 없다는 하소연이었다. 이창길은 대답을 하지 않았다. 하지만 불쾌한 감정만은 아니었다. 타케야마의 속임수라곤 여겨지지 않았기 때문이다. 체면이고 뭐고 아랑곳하지 않는 집념의 애처로움 같은 것을 느낄 수 있었다.

"기부금은 필요 없네. 그 두 점을 대신 기증해 주면 적당한 대가를 치르겠네."

타케야마는 이창길의 손을 잡고 애원에 가까운 투로 계속했다.

"자네한테는 기회가 얼마든지 있을 수 있네. 허나 내겐 없어. 이 늙은이 청을 최후로 한 번만 더 들어 주겠나?"

이창길은 고개를 끄덕였다. 타케야마와 최후의 승부를 겨루고 있는 그런 심사는 결코 아니었다. 그릇에 미쳐 버린 사람들끼리만이 통할 수 있는 동정과 측은함이었다. 그렇게도 그게 한이 된다면 조선 사람과 일인이란 처지를 떠나서, 그리고 이해관계를 넘어서 그 한을 풀어 주는 것이 도리일 듯싶었다. 만약 타케야마가 끝까지 이편을 속이고 이용하려고 드는 것이라면 그 죗값은 마땅히 그 자신에게 돌아가고야 말 일이었다.

이창길은 일단 집에 돌아와서 예의 두 점을 타케야마 댁으로 날랐다.

"이리로 앉게."

타케야마는 마침 요시다와 함께 반주를 들고 있다가, 이창길이를 윗자리에 앉힌 다음 그 앞에 꿇어 앉아 깍듯이 절을 했다.

"선생님, 이게 무슨 망령이십니까?"

"아니야, 이렇게 안 하고는 내 마음이 편치가 못해. 이거 삼천 원이야. 넣어 두게."

이창길은 내심 놀라지 않을 수 없었다. 키무라 경부에게 치렀던 대금이 바로 삼천 원이 아니었던가. 그렇다면 키무라 경부가 타케야마 몰래 재미를 본 것으로 생각했던 것이 어리석은 판단이었는지도 모른다. 하지만 이제 그런 흥정이나 거래를 따지고 밝힐 계제는 지났다.

"제가 일단 받아 두겠습니다."

"자네가 더 환히 알고 있을 테지만, 이 두 점을 합치면 오륙

천 원은 넘을 걸세. 전시회 이후 시세가 곱절은 뛰었거든. 그러니 나머지 차액은 자네가 나한테 기부한 거나 다름이 없어. 난 그리 알고 방명록에 자네 이름을 적어 두겠네."

아무리 경우가 밝은 조선 사람일지라도 이쯤 꾀까다롭게시리 머리가 돌아가지는 못하는 법이다.

"좋도록 하십시오."

"메데타이(경사 났네), 메데타이!"

요시다가 얼뜬 소리를 지르면서 이창길에게 잔을 돌렸다.

"이 군, 그때 계룡산에서 자네와 다투던 일이 생각나네."

"그런 일이 있었던가?"

타케야마가 처음 알았다는 듯이 물었다.

"뭘, 별거 아니지요. 내가 그때 이 군을 잘못 봤던 겁니다. 하핫핫핫!"

요시다는 크게 웃었다. 타케야마가 상자를 풀어 항아리와 병을 토코노마에 세워 놓았다.

"오백 년의 세월이라!"

타케야마가 나직이 중얼거렸다.

"타케야마 선생, 난 조금도 서운하지 않습니다. 나도 조선그릇을 알게 됐으니까요."

잠시 침묵이 흐르는 동안 항아리와 병 속에서 신묘한 가락이 흘러나오는 것 같았다.

낱말풀이

- **안산(案山)** 풍수지리에서 집터나 묏자리의 맞은편에 있는 산
- **세토모노(瀨戶物)** 일본의 서민용 그릇
- **맥고모자(麥藁帽子)** 밀짚이나 보릿짚으로 만들어 여름에 쓰는 모자
- **비장(備藏)** 두루 갖추어서 간직하거나 감추어 둠
- **토코노마(床間)** 방바닥에서 조금 올라간 단을 만들어 다다미를 깔고 좋은 나무로 장식적인 치장을 한 것. 그러나 시간이 지나면서 점점 공부와 깨달음을 얻기 위한 곳에서 무사나 귀족의 권위를 상징하고, 비싼 그림이나 도자기를 놓아두고 감상하며 마음을 쉬는 곳으로 그 의미가 바뀌게 되었다
- **유카타(浴衣)** 기모노의 일종. 주로 평상복으로 사용하는 간편한 옷으로, 목욕 후나 여름에 입는다
- **전주(錢主)** 사업 밑천을 대는 사람
- **요령부득(要領不得)** 말이나 글 따위의 요령을 잡을 수가 없음
- **고패** 녹로. 토기나 목공품 등을 성형하는 데 사용하는 기구. 녹로는 지금도 옹기공장, 도자기공장, 목공예 등에 많이 사용되고 있다
- **갑번(甲燔)** 예전에 왕실에 바치려고 굽던 도자기. 특제 다음으로 품질이 좋았다
- **관요(官窯)** 고려와 조선 시대에 관아에서 운영하던 사기 가마. 또는 거기서 만든 도자기

· **유약(釉藥)** 도자기의 몸에 덧씌우는 약. 도자기에 액체나 기체가 스며들지 못하게 하며 겉면에 광택이 나게 한다

· **도제조(都提調)** 조선 시대에 승문원, 봉상시, 사역원, 훈련도감 따위의 으뜸 벼슬

· **선정비(善政碑)** 예전에 백성을 어질게 다스린 벼슬아치를 표창하고 기리기 위해 세운 비석

· **기(基)** 무덤, 비석, 탑 따위를 세는 단위

· **오지그릇** 붉은 진흙으로 만들어 볕에 말리거나 약간 구운 다음, 오짓물을 입혀 다시 구운 질그릇

· **숫제** 처음부터 차라리. 또는 아예 전적으로

· **원역(員役)** 벼슬아치 밑에서 일하던 구실아치

· **사령(使令)** 조선 시대에 각 관아에서 심부름하던 사람

· **제주(祭主)** 제사의 주장이 되는 상제

· **심봉(心棒)** 구멍이 있는 가공물이나 공구를 꿰서 공작 기계에 물리기 위한 막대기

· **회청(回靑)** 도자기에 푸른 채색을 올리는 안료(顔料)의 하나. 안료는 도자기 유약 원료의 착색에 사용된다

· **술추렴** 술값을 여러 사람이 분담하고 술을 마심

· **인경(人定)** 조선 시대에 통행금지를 알리기 위하여 밤마다 치던 종

· **공동(空洞)** 물체 속에 아무것도 없이 빈 것. 또는 그런 구멍

· **운모(雲母)** 화강암 가운데 많이 들어 있는 규산염 광물의 하나

· **서생(書生)** 남의 집에서 일을 해 주면서 공부하는 사람

· **상처(喪妻)** 아내의 죽음을 당함

· **출자(出資)** 자금을 내는 일

· **행랑살이** 남의 행랑에 살면서 대가로 그 집의 심부름이나 궂은일을 해 주며 사는 일

· **급사(給仕)** 관청이나 회사, 가게 따위에서 잔심부름을 시키기 위하여 부리는 사람

· **면서기(面書記)** 예전에 면사무소에서 근무하는 일반 행정직 공무원을 이르던 말

· **훈도(訓導)** 일제 강점기에 초등학교의 교사를 이르던 말

· **독도법(讀圖法)** 지도를 보고 표시되어 있는 내용을 해독하는 법

· **토리우치** 납작모자

· **동학사(東鶴寺)** 충청남도 공주시 반포면 학봉리 계룡산 동쪽 기슭에 있는 절

· **사발통문(沙鉢通文)** 호소문이나 격문 따위를 쓸 때에 누가 주모자인가를 알지 못하도록 서명에 참여한 사람들의 이름을 사발 모양으로 둥글게 삥 돌려 적은 통문

· **기십(幾十)** 십의 몇 배가 되는 수. 또는 그런 수의

· **지관(地官)** 풍수설에 따라 집터나 묏자리 따위의 좋고 나쁨을 가려내는 사람

· **봉토(封土)** 흙을 쌓아 올림. 또는 그 흙

· **허한(虛汗)** 몸이 허약하여 나는 땀

· **고봉(高捧)** 곡식이나 밥 따위를 그릇의 전 위로 수북하게 높이 담는 것

· **석물(石物)** 무덤 앞에 돌로 만들어 놓은 여러 가지 물건

· **부장품(副葬品)** 장사 지낼 때 시체와 함께 묻는 물건을 통틀어 이르는 말

· **봉분(封墳)** 흙을 둥글게 쌓아 올려서 무덤을 만듦. 또는 그 무덤

· **고대(高臺)** 높이 쌓은 대

· **야바위** 협잡의 수단으로 그럴듯하게 꾸미는 일

· **잔광(殘光)** 해가 질 무렵의 약한 햇빛

· **회백(灰白)** 조선 시대 어두운 회색빛의 도자기

· **꾀까다롭다** 괴상하고 별스럽게 까다로운 데가 있다

· **허발** 몹시 굶주려 있거나 궁하여 체면 없이 함부로 먹거나 덤빔

· **전매(轉賣)** 샀던 물건을 도로 다른 사람에게 팔아넘김

· **용충** 용의 문양을 그린 항아리

· **현판(懸板)** 글자나 그림을 새겨 문 위나 벽에 다는 널조각

· **휘호(揮毫)** 붓을 휘두른다는 뜻으로, 글씨를 쓰거나 그림을 그림을 이

르는 말

· **장물(贓物)** 절도, 강도, 사기, 횡령 따위의 재산 범죄에 의하여 불법으로 가진 타인 소유의 재물

· **교사(教唆)** 남을 꾀거나 부추겨서 나쁜 짓을 하게 함

· **차입(差入)** 교도소나 구치소에 갇힌 사람에게 음식, 의복, 돈 따위를 들여 보냄. 또는 그 물건

· **좌상(座上)** 여러 사람이 모인 자리에서 가장 나이가 많거나 으뜸가는 사람

· **사상범(思想犯)** 현존 사회 체제에 반대하는 사상을 가지고 개혁을 꾀하는 행위를 함으로써 성립하는 범죄. 또는 그런 죄를 지은 사람

· **영수(領收)** 돈이나 물품 따위를 받아들임

· **전별(餞別)** 잔치를 베풀어 작별함

· **세모(歲暮)** 한 해가 끝날 무렵. 설을 앞둔 선달 그믐께를 이른다

· **내선일체(內鮮一體)** 조선과 일본은 원래 조상이 같으므로 조선인과 일본인은 같다는 논리. 한국의 정신을 말살시키고, 태평양 전쟁에 식민지 국가인 한국인들을 전쟁에 내몰고 착취하기 위해서 일본이 주장했던 것

· **장지(葬地)** 장사하여 시체를 묻는 땅

· **명기(明器)** 장사 지낼 때 죽은 사람과 함께 묻는 그릇, 악기, 생활 용구 따위

· **배견(拜見)** 남의 글, 편지, 작품, 소중한 물건 따위를 공경하는 뜻을 가지고 봄

· **삼칠제(三七制)** 예전에 수확한 곡식의 3할을 지주에게 소작료로 주고, 나머지 7할을 소작인이 가지던 제도

· **도예관(陶藝館)** 도자기 전시관

· **독지가(篤志家)** 남을 위한 자선 사업이나 사회 사업에 물심양면으로 참여하여 지원하는 사람

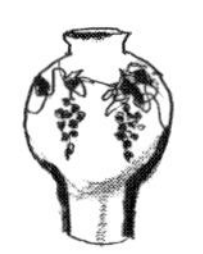